天の原

― あまのはら ―

外城田川　忍

目次

「天《あま》の原《はら》」

第一章　《稲佐《いなさ》の浜》……1
第二章　《香具山《かぐやま》》……51
第三章　《箱根山《はこねやま》》……111
第四章　《水城《みずき》》……137
第五章　《振り放《さ》け見れば》……171

第一章　《稲佐《いなさ》の浜》

島根・出雲大社の西約2㌔にある稲佐の浜に毅然と立つ弁天島。国譲り神話の舞台だ。

《稲佐の浜》

夕日を背にした弁天島《べんてんじま》は大きく口を開け、太陽を飲み込む寸前のゴジラのように見えた。国見稚子《くにみわかこ》は、シャッターを切ることを忘れて、目の前に展開するパノラマを見つめ続けていた。

「この時間、この角度が一番のようですね。待っていて良かった！」

宅畠武彦《たくはたたけひこ》が、そんな稚子に声を掛けた。武彦の顔も、稚子の顔も日本海の夕日に染まり、紅色に輝いている。

秋田・男鹿《おが》半島のゴジラ岩や、三重・熊野の獅子岩のようにハッキリした輪郭ではないが、弁天島をかたどる岩石は、砂浜から見て左側が波に削られゴツゴツとしている。そこをゴジラの口に見立て、その中に夕日を挟み込めば、武彦が発見した構図が現出する。ゴジラではなく、もう少し優しい表情のゴリラの横顔にも見える。

（この人は、何でも物事を楽しんでいる…）

稚子は、彫りの深いエクボを浮かべて弁天島と夕日を見つめる武彦を一瞥し、クスリと笑った。

あの時、約束した通りに二人は今、出雲に居る。それも、武彦が行ってみたいと言った出雲大社の西、約二キロ《キロ》にある稲佐《いなさ》の浜だ。

稲佐の浜は、宍道湖《しんじ》をいだく島根半島の西の端、日御碕《ひのみさき》辺りから出雲市湖陵町、多伎町辺りまで続く弧状の砂浜の一番北に位置する。日御碕寄りには大社漁港があり、稲佐の浜は海水浴場としても人気があるが、何と言っても日本海に沈む夕日が美しく、日本の渚百選に選ばれている景勝地だ。

そしてその稲佐の浜には、ひと際目立つ高さ十メートル《メートル》ほどの巨大な岩がポツンと一つ立っている。島とは名ばかりの、それが弁天島なのだ。

あの日…と、稚子は思い出していた。『万葉集』にあった柿本人麻呂の「妻ごもる矢野の神山露霜に…」の和歌に疑問を持ち、史料を調べて行くうちに、『日本書紀』の雄略天皇の不思議な描写に行き渡り、ついには「鳥名子舞《となごまい》」に辿り着いた。

「鳥名子舞」は、伊勢神宮に奉納する子供たちの舞で、明治の廃典まで約千四百年も三重県玉城町の矢野地区を中心に続いていた。

東大文学部歴史文化学科で日本文学史学を研究している助教の国見稚子には、格好の〝ネタ〟だった。

そして、その取材の過程で「鳥名子舞」の〝業《ごう》〟を背負った子孫、宅畠武彦と偶然、知り合った。その時、武彦は離婚協議中で、「鳥名子舞」の成り立ち等が解明されるにつれ、離婚が成立して行った。

あの頃でさえ、武彦は暗い表情を見せず、むしろ離婚協議を楽しんでいるかのように振舞っていた。

（根っからの楽天家なのか、それとも…）

稚子は弁天島の岩石を怪獣の口に見立て、構図と風景を楽しんでいる武彦が子供のように思えた。

（私とは二十五以上も歳が離れているのに…）

そんな武彦に惹かれる自分自身をも妙に可笑しく、稚子は夕日に染まる稲佐の浜に立ち尽くしていた。

「鳥名子舞」の成り立ちを究明した半年前のあの時、二人は、出雲行きを約束した。子供のように指切りをした稚子の右手の小指には、半年も経つのに武彦のぬくもりがまだ残っている。稚子は、そのぬくもりを励みに「鳥名子舞」の論文を猛スピードで書き上げ、学会で発表した。稚子の書いた「鳥名子舞」は評判を取り、何と、「助教」から「講師」に格上げされた。稚子はその報告を真っ先に武彦にした。

「おめでとう！　さすがは国見さんですね」

武彦はそう言って三重・伊勢から急遽、上京。稚子が一度は行きたい、と言っていた東京・銀座の銀座通りに面した（現在は東に移転）有名天ぷら店「天國《てんくに》」を予約してお祝いをしてくれた。

「天國」は、武彦が東京にあるスポーツ関係の出版社に勤務していたサラリーマン時代、仕事関係でよく使っていた馴染みの店だ。明治十八年（一八八五年）創業の老舗。東京でも屈指の店と評判だ。

新鮮な魚介類、野菜を目の前で揚げてくれる地下一階のフロアには、カウンター席と、その奥まった処に掘り炬燵形式の畳席がこれもカウンターになっている。武彦はその畳席カウンターを予約していた。

「いらっしゃい！　久しぶりですね。いつものお席を用意しておきましたからね。ゆっくりと寛《くつろ》いで下さい」

フロア・マネジャーが案内したのは、調理場を中にL字型にしつらえた畳席カウンターの一番奥まった席。武彦の〝指定席〟だ。

「宅畠さんは、うちの上得意様ですからね。いつもこの席をご用意させてもらっています。実はこの席は、フランスの元大統領のシラク様のお気に入りの席だったのですよ」

ジャック・ルネ・シラク第二十二代フランス共和国元大統領（令和元年＝二〇一九年＝九月、八十六歳で逝去）は帝国ホテルを東京の定宿にしていたため、帝国ホテルから近い銀座八丁目のこの「天國」を贔屓にしていたらしい。シラク元大統領は、学生時代から『万葉集』を読み漁るなど日本文化への造詣が深く、大相撲の聖地・国技館に足を運んで直に大相撲を観戦。帰る際には、大観衆のスタンディングオベーションを浴びたりしていた。

フロア・マネジャーは、それとなく客筋が良い店自慢を開帳しながら稚子にその席を勧めた。〝板さん〟は、この道、六十年のレジェンド。もちろん、シラク元大統領ご指名の腕利きだ。

「論文の完成、学会発表、講師昇格、その全てに乾杯！」

武彦の音頭に、稚子も、

「有難うございます！」

と、飲めないビールを一口、口に入れた。彼岸も過ぎたとあってフェラガモのネッカチーフを首に巻いているが、稚子のシャツは愛用のピンクだ。

板さんは、いきなり旬の松茸を程よく熱したサラダ油に通した。

「旬の美味しい物は真っ先に口にする。これが美味い物を食する王道でさァ。徐々に、という方もいらっしゃいますが、江戸っ子は気が短けえですからね。美味しい物に行き着く前に、御免ヨ、って帰られちまいまさァ」

下町の生まれだと言う板さんは、時たまべらんめえ口調を交えながら次々と〝本日のお勧め〟を揚げていく。

ほんの少々、塩を付け、口に放り込むのが旨い。スダチを垂らすのも味がある。

「美味しい！」

稚子は待望の「天國」に、早々と舌鼓を打った。中でも、ウニを江戸前の浅草海苔でくるんだ磯辺揚げには、

「何、コレっ⁉」

と、大きなまなこを更に大きくして武彦に視線を投げた。

「気に入って貰えて光栄。板さんの腕が違うから何でも美味しく揚げて貰えるんですよ」

武彦がそう言うと同時に、板さんは油を入れていた鍋釜を持ち上げ、熱い油を別の容器に移し替えた。そして、新しいサラダ油を鍋釜にトクトクと注いだ。

「エッ、あの油をもう入れ替えるの？　エッ、どういうこと？」

稚子が目を白黒させていると、板さんは笑いながら、

「旬な食材を古い油でまた揚げては、旬が泣きまさァ。旬な食材を、旬な油に通す。これが、『天國』の流儀でさァ」

と、説明した。

「何と贅沢、というか、凄いというか…」

稚子は江戸っ子の持つ〝粋〟を感じた。いや、江戸っ子だけではない。確かに飽食の時代の勿体なさはあるが、これが日本人だけが持つ〝粋の良さ〟かも分からない。

稚子だけではない。武彦も初めてこの「天國」の暖簾をくぐった時、その豪快さ、粋っぷりに箸を持つ手が止まったことを覚えている。

稚子は目まぐるしく移り変わったこの半年を、

（まるで走馬灯…）

と、述懐せざるを得なかった。

夕日のロマンに浸っている稚子の胸の内を忖度《そんたく》せず、武彦が愛用のセリーヌのバッグをガサゴソと鳴らした。

「せっかくだから、一枚くらい写真に抑えておきますよ」

武彦は携帯電話を取り出し、シャッターを切った。ガラ携だ。スマホ全盛の今この時も武彦はガラ携を使っている。

「電話とメールが出来、写真さえ撮れればそれだけで充分」

稚子が、「何故、今どきガラ携？」と聞いた時、武彦は笑顔でそうアッサリと答えたものだ。何もかも楽しんでいるかの様な武彦には、光陰矢の如し、という格言は相応しくないのかもしれない。一つ一つを愛おしく、味合う様に噛みしめていく。愛用のガラ携も然りなのだ。

武彦と過ごす時間がゆったりと流れて行くのは、そんな武彦が醸し出す大人の渋みなのかも分からない。

稚子は弁天島と夕日の中でシャッターを切る武彦を、悪戯心《いたずらごころ》でやっと愛用のキャノンに収めた。

神無月《かんなづき》、十月中旬の稲佐の浜の夕日は、穏やかに煌めく波頭を作り、言葉に表せない格別なひとときをプレゼントしてくれた。

「この稲佐の浜に立ち、この夕日の中に身を置いていると、出雲大社の何もかもが分かる気がしますね。あの夕日をバックに神々がやって来たのですよ。出雲の人達にとってそれは文字通り神々しく、そして何よりも恐ろしく震え上がったでしょうね」

武彦はつぶやく様に稚子にそう話した。

「恐ろしかった?」

稚子は神の到来を「恐ろしい」と、表現した武彦に視線を投げた。

「ええ、怖かったと思います。何と言っても神様達は、自分達が馴染んでいる銅剣ではなく、より鋭利で強度な鉄剣を持って乗り込んで来たのですからね。荒神谷《こうじんだに》で発見された銅剣の束がそれを証明しています」

武彦の言葉は、ロマンに浸る稚子を一気に現実に引き戻した。

（そうだわ。出雲にやって来たのは、邪馬台国《やまたいこく》の比定地を探すためだった。この人はあの時、言った。出雲大社から稲佐の浜までの約一キロの道のりに真実が隠されている様に思える…と）

出雲大社から稲佐の浜へ出る道は二つあった。国道四三一号線と神迎《かみむかえ》の道《みち》。二人は取り敢えずの思いで、出雲大社から国道を歩いた。

後で分かった事だが、本当は最初から街中の神迎の道を辿れば良かったのだが、予備知識がないままに出発した。この道は、片道一車線だったが交通量が多く、加えて二つの軽い尾根越えとあって、アクセルを踏む車の排気ガスには閉口した。

武彦は一キロと言ったが、実際は二キロ近くあった
二つ目の尾根の頂に立った時、武彦は、

「稲佐の浜だ！」

と、大きな声を出した。

日本の浜の御多分に漏れず、無粋な防潮堤が景観を損ねているが、その防潮堤の先に日本海が見えた。午後の日差しに波頭がキラキラと跳ねていた。

武彦が心なしか早足になったことを稚子は感じた。稚子もそんな武彦に遅れまいと、歩幅を大きく取った。その一歩が、邪馬台国にまた近づく様に感じられた。

武彦、稚子の二人が落ち合った先は、ＪＲ出雲市駅前のビジネスホテルだった。せっかく二人の旅が実現したのだから、温泉旅館でも予約するのが常道だが、武彦は迷わずビジネスホテルのシングルを二部屋予約していた。

武彦は伊勢から近鉄、新幹線、ＪＲ特急を乗り継いで出雲にやって来たが、稚子は東京・羽田から空路、出雲縁結び空港に降り立った。

宿が駅前のビジネスホテルだったことに、稚子は多少落胆したが、武彦の性格を推し量ると逆に信用度が増した。

（ちょっとつまらないけど、この人に付いて行けば安心…）

そう思わせるには充分な武彦の分別だった。

着いたその日は、ホテルの中にあるステーキハウスで島根和牛を楽しみながら、明日からのスケジュール調整をした。

「出雲に来たら何と言っても、出雲ソバと出雲ゼンザイだけど、それは出雲大社の参道辺りで食べましょう。ともかく今日は明日からのスタミナを付けるために、地元特産の黒毛和牛、島根和牛で元気を付けましょう」

思い立ったが吉日、と言えば聞こえは良いが、行き当たりばったりに近い半生を送って来た稚子にとっては、武彦は本当に頼りになる存在だった。

武彦は大雑把ではあるが、スケジュールを決めて来ていた。それは、出雲大社→稲佐の浜→荒神谷《こうじんだに》遺跡→加茂岩倉《かもいわくら》遺跡→歴史公園・四隅突出墳《よすみとっしゅつふん》→古代出雲歴史博物館、を巡るコースだった。

メインは稲佐の浜で、二泊三日の〝予習旅〟には充分な内容だ。

しかし、出だしから稚子は度肝を抜かれた。翌朝、JR出雲市駅前で出雲大社へのバスを待っている間、武彦が出雲市の北側に連なる島根半島の山並みを指差し、興奮を噛み殺すかの様にこう唸った。

「ご覧なさいあの雲を。あれが出雲の国のいわれですよ。初日からいきなりの幸運に恵まれましたね」

旅伏山、鼻高山、万ヶ丸山、天台ヶ峰、弥山、そして八雲山から噴煙の様に沸き立つ雲が幾筋も見える。丁度、ダルマ落としの様な小さな積乱雲が何本も立ち並んでいる。

「地元の人は普段見慣れている雲だから話題にもならないのだと思いますが、あれが雲が出《いず》る国、出雲のいわゆる八雲《やくも》立つ出雲八重垣《いずもやえがき》、ですよ。雲が立っているでしょう? 八雲、というのは沢山の雲が沸くという意味だとは分かりますが、〝立つ〟というのがどうしても分からなかった。沸くのを洒落て〝立つ〟と言ってみたと思い込んでいました。でも、あの雲を見ればナールホドと納得いきますよね」

武彦の指摘に稚子は、

「本当だ！　記紀（古事記と日本書紀）にあるあれが本邦初の和歌と言われる素戔嗚尊《すさのおのみこと》の御歌、

〽八雲立つ
　出雲八重垣　妻籠《つまごめ》に
　八重垣つくる
　その八重垣を

と、謳われた立っている雲ですわね。本当に林立してますよね」

と、目を見張った。

「妻は言わずと知れた奇稲田《くしいなだ》姫。素戔嗚尊が八岐大蛇《やまたのおろち》から命を救った姫ですよね。簸《ひ》の川、今の斐伊川《ひいがわ》上流に天下った素戔嗚尊は八岐大蛇を退治して、その辺りの須佐《すさ》に奇稲田姫との新居を構えたのですね。その時の御歌です。高天原《たかまがはら》からやって来た異邦人の素戔嗚尊にしたら噴煙の様な雲が幾筋も立っている光景に驚いたのでしょう。丁度、今の我々と同じですよ。心が弾んで和歌でも謳いたくなりますよね」

出雲は、日本海を渡って来る水蒸気をタップリ含んだ温かい海風が島根半島に最初にぶつかる場所。島根半島の山々にぶつかった海風が上昇気流を生み、上空を覆う寒気に触れて次々にダルマ落としの様な特異な積乱雲を作る。その林立した沢山の雲が八重垣の様に出雲を包む。まさに素戔嗚尊の和歌の世界だ。

また、その素戔嗚尊の新居、宮は出雲の一の宮・熊野大社、あるいは日本初之宮《はつのみや》・須我《すが》神社だと言われているが、熊野大社、須我神社は出雲市から遥か東の宍道湖の外れ、意宇川《おうがわ》上流で熊野大社は松江市内、須我神社は雲南市内。噴煙の様な切り立った特異な雲は見られない。

『日本書紀』には「須佐に造った」とあるから、斐伊川上流の「須佐」の方が当てはまる。令和の現在の地名は出雲市佐田町須佐。そこは素戔嗚尊の終焉の地と言われ、当然の様に須佐神社がある。

八雲立つ、の意味を知っただけで、出雲に来た甲斐があったと言うものだが、旅のメインの出雲大社も稚子の想像とは全く違う佇まいを見せていた。JR出雲市駅から一畑《いちばた》バスで出雲大社正門前まで約二十分。正門の鳥居に向かって左側に、「出雲大社」と書かれた大きな石碑が立っていた。二人は声を掛け合ったわけではないが、鳥居をくぐる時、自然と一礼をした。

すると、武彦が歩みを止め、振り返った。

「面白いですね。ここは丘というか、山の頂上なんですね。見て下さい、この坂を下って向こうにも鳥居がありますよ」

鳥居の南側はかなりの坂道になっていてガイドブックを見ると、「神門通り《しんもんどお》」という門前町になっている。観光客がそぞろ歩く賑やかな通りが、片道一車線の車道を挟んで三百《メートル》ほど先の鳥居まで続いている。ガイドブックには、「一の鳥居・宇迦橋《うがばし》の大鳥居」となっていた。

「一の鳥居ですから、あそこから出直しましょう」

武彦はそう言うと稚子の返事を聞かずサッサと踵を返した。この出雲大社の正門は、ガイドブックには、「二の鳥居・勢溜《せいだまり》の大鳥居」と書かれている。

途中、左手に一畑電車大社線の出雲大社前駅を見て、少し行くと堀川という川が流れていた。その堀川橋の大社側の橋のたもとに宇迦橋の大鳥居があった。武彦はその鳥居に触って、

「フーン」

と、言った。一の鳥居はコンクリート製だった。

二人はここで改めて一礼をし、もう一度、神門通りを戻った。途中までは平坦な道のりだったが、途中からはかなりの勾配で、最初の「二の鳥居・勢溜の大鳥居」に戻った時には、二人は、「ハア、ハア」と、息を切らした。

そぞろ歩きなら、それほどでもないだろうが、幾つもの出雲ソバ、ゼンザイの看板を掲げたお店を素通りしての〝確認歩き〟では結構きつい。

「なかなかのきつさですね。でも、ここから本殿に向かう参道はまた下り坂。少し癒されますよ」

武彦は一の鳥居まで付き合わせた稚子を気遣い、笑顔を見せてここでも鳥居を触った。この正門は、日本全国にある鳥居と同じく木製だった。

下りの参道は素鵞川《そがわ》という川まで続いていた。出雲大社は、この素鵞川と大社の東側を流れる吉野川に挟まれた三角地にあり、素鵞川と吉野川が勢溜の鳥居の東で合流。堀川に流れ込ん

で行く。

素鵞川に架かる祓橋《はらえばし》を渡ると、「三の鳥居・鉄の鳥居」があり、武彦は文字通りの鉄製のその鳥居をペチペチと叩き確認した。

その先が松並木の松の参道。真ん中の道は神様の通り道、ということで一般参拝者は進入出来ず、二人は両端に造られた舗装された歩道を歩いた。

手水舎の手前、西側に「御慈愛の御神像」と言われる大国主命大神《おおくにぬしのみことおおかみ》が白兎に話し掛けている銅像、東側に「結びの御神像」と言われる大国主命大神が波と共にやって来る神々、幸魂《さきみたま》奇魂《くしみたま》を表わす波を迎える銅像が建立されている。

「因幡《いなば》の白兎と幸魂奇魂を表わす神話ですわね。幸魂奇魂の話は、官選の史書の『日本書紀』と、『古事記』共に書かれているのに、因幡の白兎は、『古事記』にだけ記載されている。『出雲風土記』にも載っていないのですよね。牧歌的な記述だから何となく、こういう神話の方が人間らしく、私は好きですわ」

稚子は〝学者〟らしく、さすがの薀蓄《うんちく》を披露したが、その神話を銅像にして神域に飾っているところは如何にも俗っぽい。

武彦は生まれ育った伊勢の伊勢神宮と比べて、何となく軽さを覚えた。

確かに伊勢神宮はあくまでも天皇家の氏神様で、一般の神社とは違う。武彦は小さい頃から、伊勢神宮は祈願、お願いする処ではない。感謝する処だ…と、教えられてきた。我々庶民の氏神様ではないのだから、天皇家の氏神様にお願いするのは筋違い。ひたすら、無病息災を感謝しなさい、というわけだ。

日本全国、神社は全て宗教法人のくくりで、「神社本庁」が包括することになっているが、中には〝独立〟を謳う神社が幾つもあり、悩ましい問題となっている。伊勢神宮も然りで、別格扱い、本宗と位置づけられ、「神宮司庁」が管轄する。言わずもがなだが、神宮司庁は宮内庁との繋がりが強いようだ。現に伊勢神宮の祭主は、今上《きんじょう》天皇の妹君の黒田清子《さやこ》さんだ。伊勢神宮は天皇家の氏神様だから、当然と言えば当然だ。

出雲大社も神社本庁に包括されているが、別に宗教法人を設立している。

「それに…」

と、稚子は更なる蘊蓄を披露した。

「『古事記』の表記は『稲羽之素菟』。今の表記では『稲羽の素兎』となるのでしょうが、この稲羽が果たして今の鳥取県の因幡のことなのかどうか、学会では疑問が出ているのです。ただ、白兎が隠岐《おき》の島から鰐《わに》、恐らく鮫《さめ》でしょうが、を並ばせた、と語っていますから鳥取県で間違いないと言われています。『因幡風土記』にでも残っていれば分かるのですが、『出雲風土記』はあっても、『因幡風土記』は存在しないのですよ」

稚子の学術的な指摘に武彦は、

「そうですか。確かに…」

と、相槌を打った。

「大国主命はかなりの艶福家で、越の国（新潟県）から宗像《むなかた》（福岡県）まで妻と名乗る女性が何人かいたらしいですからね。何処かの稲羽かも知れませんねえ。瑞穂の国の日本なら、何処へ行っても〝稲場〟、田圃はありますから」

そんな話をしながら、二人は荒垣《あらがき》門からいよいよ拝殿に入った。荒垣門は「四の鳥居」と言って銅で造られた「銅の鳥居」だった
「なるほど、なるほど…。当然、そうなるよねえ…」

武彦はここでもその銅の鳥居をペチペチと叩いた。

稚子は鳥居をくぐる度に、鳥居を触る武彦が可笑しかった。

「何だか意味ありげですね。銅が当然なのですか？　教えて下さいよ」

稚子の質問に武彦は、

「もう少し待って下さい。今、話してしまったら後々がつまらなくなりますよ。楽しみは後に取っておきましょう」

と、勿体ぶって笑顔を返した。

最後の銅の鳥居の荒垣門を入ると、拝殿があった。面白いのはこの拝殿所を回り込むと瑞垣《みずがき》があり、その八足門《やつあしもん》からでも参拝が出来る。一般の神社では拝殿から奥は入れなくなっているが、この出雲大社では御本殿がある玉垣《たまがき》のすぐ側まで行けることになる。もちろん、この八足

門から中へは入れず、玉垣と御本殿をそれこそ垣間《かいま》見るだけだが…。

武彦はその拝殿所ではお参りせず、サッサと八足門へ向かった。稚子は不思議に思ったが、軽く一礼だけをして武彦の後を追った。

その八足門の前の敷地には直径約三メートル（十尺＝一丈）の柱のモニュメントが地面に造られている。この柱は直径約一メートルの円柱を三本束ねた強固なもので、御本殿を支えた鎌倉時代の宇豆《うづ》柱《ばしら》と見られ、平成十二年（二〇〇〇年）の発掘調査で出現した。

宇豆柱は、正面と背面の、屋根を支える中央の柱だ。

現在の御本殿は二十四メートルの高さだが、平安時代には高さ十六丈、約四十八メートルもあったと言われ、その規模を証明する宇豆柱の土台ではないかと推測されている。

その巨大な御本殿と御本殿に登る長さ一町（約一〇九メートル）、段数一七二段の階段の十分の一の模型が出雲大社の東側、島根県立古代出雲歴史博物館に展示、公開されている。発掘された宇豆柱も朽ちてはいるが、同博物館に同様に展示されている。

武彦はその宇豆柱のモニュメントの上に立って、稚子を招いた。

「（一に）雲太《うんた》、和二《わに》、京三《きょうさん》、ですか…」

と、稚子は歌う様に口ずさんだ。

「平安時代の天禄元年（九七〇年）、源　為憲《みなもとのためのり》が公家の藤原為光の子、誠信《まさのぶ》のためにまとめたと言う『口遊《くちずさみ》』の中に出てくる当代一番の大きな建造物を表わしたものなのですけど、一番大きな物が出雲の国の出雲大社。二番目が大和の国、奈良・東大寺の大仏殿。三番目が京都御所の大極殿ということです。奈良の大仏様の大仏殿は凡そ四十五メートルもあるわけですから、平安時代の出雲大社の十六丈、凡そ四十八メートルは空想ではなく、真実なのかも分かりませんね。『日本書紀』には、国譲りの項で、大国主命大神、そこでは大己貴神《おおなむちのかみ》と表記していますが、その宮は柱を高く太く、板は広く厚く、千尋《ちひろ》もある栲《たく》の縄で結わえて、しっかりと結びましょう、とあり、『古事記』でも礎石の上に太い柱を押し立て、千木を高く掲げて宮とする、とあります。この三本束ねの柱を見ると納得しますわ」

稚子の説明に武彦は驚きを隠せず、

「さすがは稚子さん、文献となるとスラスラ出てきますね。『口遊』は貴族達の教科書にもなったのですよね？」

と、聞いた。

「教科書というより辞書の様なものですよね。初歩的な知識を分かり易く、覚え易く、まとめた物なのです。貴族の子弟には何よりの百科事典となったのですが、大人達も重宝しました。『たゐにの歌』として知られる五十音表とか、九九の表とか、十九部門に渡り万葉仮名を使って確かに覚え易く作られています」

「大したものですね。現に令和の今も、雲太、和二、京三は語り継がれているわけですから」

御本殿の向かって右手から左回りに回遊すると、すぐ東側に南北に長い東十九社がある。十九社は西側にもあり、長屋の様になっている。一般の神無月、十月はここ出雲では神在月《かみありづき》で、日本全国から神様が集まって来てここに泊まると言う。その期間、計三十八個の扉は開け放される。

「思った通りですね。私は東に十五、西にも十五の神様のお泊りになる社《やしろ》があるのではないか、と思っていたのです。予想より八社多いのは意外でしたが、あり得ることです。恐らくこの八社はオブザーバー参加だったのでしょう」

武彦の話に稚子はここでも首をかしげた。

「オブザーバー？　何なのですかそれって？」

「まあまあ、もう少し待って下さい。今、話してしまうと頭がこんがらがって収拾がつかなくなってしまいます。まずは御本殿をじっくり観察、いやいやお参りしてからにしましょう。御本殿をグルリと回れるはずですから、西側の西十九社辺りで話しますよ」

「何となくミステリアスですね。楽しみに待ってますわ」

御本殿の真裏には素鵞社《そがのやしろ》があった。大国主命大神の祖神《おやがみ》と言われる素戔嗚尊《すさのおのみこと》が祀られている。

天上界から追放され、出雲に降り、八岐大蛇を退治した伝説のあの神だ。

「素戔嗚尊の五代後が大国主神と『日本書紀』には書いてありますわね。大国主命ではなく大国主神、と書き、大国主神は大物主神《おおものぬしのかみ》、大己貴神、大己貴命、ともいう、と書かれています。そして、重要な国譲りの段になると、その全てが大己貴神で通している。大国主命は古事記での呼称のように思われます」

稚子の説明に居合わせた年配の夫婦と思われる観光客が、

「へェー、そうなのね…」

と、相づちを打った。年配の夫婦は稚子を武彦が雇ったガイドさんと間違えたらしく、武彦はクスリと笑ってしまった。

御本殿と素鵞社の間には白兎の置物がそこかしこに置かれている。微笑ましくはあるが、武彦には興醒めではあった。しかし、この夫婦の出現に心が和んだ。

御本殿の裏側を回り、西側に出ると西十九社の手前、瑞垣に沿って小さな拝殿所が設けられていた。瑞垣の向こうには御本殿の西の側面が真正面に見えた。

「稚子さん、ここでお参りしましょう」

武彦はやっとお参りをする気になったらしい。二礼四拍手一礼。伊勢神宮をはじめ一般の神社では二拝二拍手一拝だが、ここ出雲大社では違う。「礼」と「拝」、呼び方まで違う。大分・宇佐市にある全国四万社余りの八幡社の総本山・宇佐神宮と同様、独特の「二・四・一」作法で、稚子も武彦に倣って頭を下げた。

稚子はここで面白い事を口にした。

「まだ、学説にはなっていないのですが、何故、日本人は神社に詣でると二拝二拍手一拝、ここ出雲大社では二礼四拍手一礼ですが、こういう作法をするかご存知ですか？」

「今度は稚子さんが僕にクエスチョンですか？　参ったなあ、ハハハ。何か理由がありそうですね」

武彦は突然の稚子の〝逆襲〟に、笑いで受け流すしかなかった。確かにキリスト教の十字を切る作法同様、神社ではこういう仕来たりになっている、としか教えられていない。考えたこともなかった。その一瞬の隙間、油断を稚子に衝かれ、武彦は頭をかいた。

「これは、私の自説なので笑わないで下さいね。『魏志倭人伝《ぎしわじんでん》』は宅畠さんもよくご存知でしょうが、その中の倭国の世俗を書いた処に、『大人の敬する所を見れば但だ手を摶《う》ちて以て跪拝《きはい》に当つ…（云々）。下戸《げこ》、大人《たいじん》と道路に相逢えば逡巡して草に入る。辞を伝え事を説くに或いは蹲《うずくま》り或いは跪《ひざまず》き両手は地に拠《よ》りこれが為に恭敬す。対応の声を噫《い》と曰《い》い比するに然諾の如し』と、いう箇所があります。道で貴人に会えば、道を譲って道端に蹲り、或いは跪き、手を打って、地面に手を付き、お辞儀をする。それが、神社の作法に繋がったのではないでしょうか？　返事の『噫』は、『ハイッ』、若しくは『アイッ』、『イッ』という発音が、『イッ』としか聞こえなかったのではないかと思うのですよ」

自説とは言え、稚子の推論には道理がある。跪き、手を叩いて、お辞儀をする…。跪きまではしないが、『魏志倭人伝』に描かれた倭人の作法は、そのまま神社に於ける作法として令和の今の時代に受け継がれている。かつては、参拝者は皆、跪いて礼拝した可能性もある。

『魏志倭人伝』とは、三世紀の終わり、魏から禅譲《ぜんじょう》された西晋《せいしん》の陳寿《ちんじゅ》が著わした同時代史『三国志《さんごくし》』（魏書《ぎしょ》、蜀書《しょくしょ》、呉書《ごしょ》）の内、「魏書」の最後に書かれている「烏丸《うがん》、鮮卑《せんぴ》、東夷伝《とういでん》」の、そのまた最後に書かれている「東夷伝・倭人ノ条」のこと。簡略して『魏志倭人伝』と言われているが、二千字余りの「倭」と言い慣わされた当時の日本の在りのままの〝姿〟が克明に記録された貴重な歴史書だ。

「なるほどねえ。さすが、稚子さんですね。そうかも分かりませんね。神社そのものも、その『魏志倭人伝』に書かれている卑弥呼の宮殿は宮室楼観城柵厳しく設け、という居処に相応しい造りですよね。神社の祭神は、とりもなおさずその宮殿の主、王その者なのですから、その貴人、大人に礼を尽くすのは当然といえば当然。いやはや、鋭い処に気付きましたね。いや、これは勉強になった！」

大袈裟に目を見張る武彦に稚子は、

「イヤですわ。そんなにおっしゃられると逆に恥ずかしくなりますわ」

と、口を押えてコロコロと笑った。

「ところで…」

と、武彦はこの場所での参拝の本題に話を戻した。

「妙な気分でしょう？　正式な拝殿所や八足門でお参りせず、こんな所でお参りするには訳があるのですよ」

と、話し始めた。

「実は、御祭神の大国主命は御本殿では西向きに鎮座されているのです。御本殿は南向きで、本来なら御神体は南を向いていなくてはいけないのです。中国では古来、天子は南面す、と言われ、家来、人民は北面して天子と向かい合います。ですから、日本でも神様や天子は南向きの御本殿に南面して座しています。ところが、ここ出雲大社では御本殿は南向きなのに大国主命は西を向いていらっしゃる。拝殿所や八足門でお参りすると、大国主命の正面ではなく、左側にご挨拶することになる。これでは、いくらどうでも失礼でしょう？　だから正面に当たるこの場所からお参りするのが正しいと思うのです」

武彦の説明の様に、出雲大社の本殿は南向き、九つの柱が支える正方形の床面の高床式で、御祭神の大国主命大神はその東北の隅に鎮座する。従って、御本殿に登る階段、向拝は東南角に設けられている。これが、大社造りと言われる独特の建築様式だ。

御祭神の大国主命大神は、御本殿の東北の隅に、南面もせず、〝臣下〟の臣・民にソッポを向く様につれない素振りで、何故か西を向き、小さくなって鎮座している様に見える。

「何故か⁉　それこそが、国譲りの実態だからです」

武彦はここでようやく後回しにしていた稚子の疑問に答え始めた。

「国譲りの神話は、奈良・大和政権への恭順、つまり降伏と捉えられていますが、実は我々の勘違いなのです。記紀に書いてあるから、そう思うのは当然なのですが、記紀は奈良・大和政権下で出来た書物。大和政権への降伏、とは書いたものの、実態は隠しようがない。祭神の大国主命は御本殿の向きと同じ南を向いているどころか、出雲からほぼ東にある奈良・大和の方向でもなく、その逆の西を向いていらっしゃる。出雲大社の西には何があるか分かりますか？」

武彦の再びの質問に稚子は、

「西ですか？……」

と、首を傾げて、

「アッ、それが稲佐の浜ですか⁉」

と、声を上げた。

「正解！」

武彦は即座に答え、続けた。

「そうなのですよ。大国主命は稲佐の浜を向いていらっしゃる。臣下や人民が北面して大国主命に額づいているというのに、大国主命はつれなく横を向き、西の方、稲佐の浜ばかり気にしている。今にもＶＩＰが現れないかと、ソワソワしている様にも見える。さて、誰が来るのでしょう？」

武彦の矢継ぎ早の質問に、稚子は躊躇なく答えた。

「奈良、大和政権の使節でしょう？　大事な大事な国、出雲を譲った相手ですよね。まさか大和政権の天皇自らがやって来る訳はないし、ここはやはり全権を委任された使節、大使ですよね。違います？」

稚子の答えに武彦は、

「そう思いますよね。特に国見さんの様に記紀を隅々まで読み込んでいる人達はそう思うと思います。しかし、奈良・大和政権の使節なら何故、舟を使い稲佐の浜に上陸するのでしょう？　可笑しいと思いませんか？」

と、更に突っ込んで聞いた。

「そういえば、『日本書紀』の第十代崇神《すじん》天皇の話の中に、四道《しどう》将軍の話が出てきます。大彦命《おおひこのみこと》を北陸に、武渟川別《たけぬなかわわけ》を東海に、吉備津彦《きびつひこ》を西海に、丹波道主命《たにわのみちぬしのみこと》を丹波に派遣した話ですが、陸路が中心で海路の話は吉備津彦の西海を匂わすぐらい。また、出雲臣・出雲振根《ふるね》の話が出てきますが、日本海を回っての海路の話しはありません。それに、そもそも国譲りの話は神代の話しで、天皇そのものも出現していない時代ですよね」

学者としての稚子の指摘が武彦の設問を補って余りあった。

「その通りなのです。国譲りの話は神代の時代の話しで、奈良からわざわざ中国地方をグルリと舟で回り、西の方から稲佐の浜に辿り着くなどとはそれこそお伽噺です。奈良の北、若狭湾辺りから舟で出て出雲へ、というのも考えられますが、それなら稲佐の浜に上陸しないで宍道湖周辺に上陸した方が手っ取り早いですからね」

「と、言う事は…」

稚子の言葉を武彦が引き継いで、

「と、言う事は、つまり出雲の西の方からＶＩＰはやって来た、ということです。出雲は枝分かれした暖流、黒潮の対馬海流が日本列島の本州にぶつかる特異な場所なのです。その暖流に乗った海風も出雲の山々にぶつかり、あの切り立つ八雲を出現させる。西の方の住人は、この場合、九州北部の人達、ということですが、港から舟を出し、沖合に出るとこの黒潮に乗って楽々と出雲に達せられる。しかも、波任せで着いた先は…」

武彦の言葉を待たず、稚子が声を出した。

「稲佐の浜！」

武彦は笑いながら稚子に拍手を送った。

「お見事！　国見さんも学者の衣を脱いで、やっとわれわれ素人レベルに下って来てくれましたね。でも、それでいいのだと思いますよ。学識経験者はなかなか理論武装を解いてくれませんからね。素人の強みは、極々普通の人間感覚で物を見、考える事です。何故、御祭神の大国主命は稲佐の浜のある西を向いているか？　西からＶＩＰがやって来るからです。御本殿を四十八《メートル》もの高さにしたのは、西から来るＶＩＰをいち早く見つけ、粗相のないように準備するためだった、と私は想像します。東の奈良・大和政権とは全く関係の無い所作、御本殿の造りなのです」

　武彦の学研者への皮肉交じりの冗談には少なからず抵抗があったが、稚子は書物を読みだすとその一点しか見えなくなってしまうきらいがある自らに照らし合わせ、頷いてみせた。

「神代の時代に対馬海流という暖流に乗ってやって来た人達…。なるほど、分かりました。それが根の国・出雲に追放された素戔嗚尊や国譲りの使者・武甕槌神《たけみかつちのかみ》という事なんですね。武甕槌神は『古事記』では、建御雷之男神となっていますが、同じ神でしょう。やっと、記紀の世界が開けて来ました」

　分かった、とは言うものの、稚子はどうしても文献知識が邪魔するらしい。記紀との整合性を絶えず考えている。稚子の様な学者は文献、この場合は記紀が闇を照らす灯台に当たるらしい。そこに辿り着いてようやく武彦の描く世界を理解出来たようだ。

「北部九州の人達は暖流の対馬海流の流れを知っていたのです。博多の沖合を流れる枝分かれした対馬海流、黒潮へ乗りさえすればそれで良い。稚子さんは宗像《むなかた》大社をご存知ですよね？」

「ええ、もちろんですわ。北九州市と福岡市の丁度、中間にある神社ですよね？　その海側にある鐘崎《かねざき》は『万葉集』にも、詠み人知らずの歌として数多く詠われています」

「実は、鐘崎はそれほど重要な岬なのです。鐘崎を境に北九州市側の海を響灘《ひびきなだ》、福岡市側を玄界灘《げんかいなだ》と言います。明らかに潮の流れが違うのですよ。それに、宗像大社の側を流れる釣川をほんの少し下って行くと神湊という港があります。ここから、沖合の大島に渡る旅客船が出ているのですが、その大島に宗像大社の中津宮《なかつみや》があります」

　これにも稚子は即座に反応した。

「分かります。素戔嗚尊が根の国に向かう時、姉の天照大神《あまてらすおおみかみ》と誓約《うけい》をするのですが、その時生まれた三柱の神が市杵島姫命《いつきしまひめのみこと》と田心姫命《たこりひめのみこと》と湍津姫命《たぎつひめのみこと》。それぞれが、宗像、中津宮、辺津宮《へつみや》においでになる神であると『日本書紀』に書かれています」

　神湊から中津宮のある大島までは約十一キロ。フェリーに乗ると二十分ほどで行けるが、辺津宮の沖ノ島までは更に約四十九キロもある。玄界灘の真っ只中、周囲四キロの無人島だ。無人島とはいえ、ここ沖ノ島には宗像大社の神職が一人、交代で奉職している。この沖ノ島は〝神宿る島〟、〝海の正倉院〟として縄文、弥生時代からの土器などの歴史遺物がそのまま大量に残されていて、島全体が〝御神体〟、国の天然記念物となっている。

　稚子が口にしたこの三つの宮を総称して本来は宗像大社と言うが、平成二十九年（二〇一七年）、沖ノ島を中心としたこの遺産群は、「世界文化遺産」に登録された。

「そうなのですよ。この宗像大社群の並びは別名、道主貴《みちのぬしのむち》とも言われ、壱岐→対馬と共に先端文化の朝鮮半島へのもう一つの近道だったのですが、忘れてはいけないのが、日本海沿岸への高速ルートの出発点でもあったのです。言ってみれば、〝黒潮ハイウェイ〟へのインターチェンジだったわけです。沖ノ島まで舟で出ると、黒潮暖流が日本列島沿いに日本海沿岸を北上させてくれる。その最初の波寄せ浜が稲佐の浜、というわけなのですよ。実は、その手前の山口県下関市の響灘に面した土井ヶ浜も出雲の稲佐の浜と同じ波寄せ構造で、この遺跡からは縄文人より五センチほど背の高い一六三センチ平均の弥生前期の人骨が発掘されています。中国・山東省から発掘された人骨に似た特徴を持っていることが分かっていますから、〝黒潮ハイウェイ〟に乗って漂着した可能性があります」

武彦の玄人裸足の説明に、稚子は、

「ワァー、宅畠さんはやっぱりすごい！」

と、声を上げた。

「ハハハ、素人の素朴な推論、仮説です。その推論を広げて行くと、国譲りの話につながっていきます」

「宅畠さんの推論、仮説は結構、的を射ていると思いますわ。記紀との整合性を考えると納得出来ますもの。国譲りの話の〝宅畠解説〟が楽しみ！」

『日本書紀』に書かれている国譲りの話は生々しい。天照大神の子の天忍穂耳尊《あめのおしほみみのみこと》は高皇産霊尊《たかみむすひのみこと》の娘の栲幡千千姫《たくはたのちぢひめ》と結婚。瓊瓊杵尊《ににぎのみこと》をもうけたが、高皇産霊尊はこの孫にあたる瓊瓊杵尊を特に可愛がり、葦原中国《あしはらのなかつくに》の君主にしたいと願った。

そこで、神々に誰を派遣して葦原中国を平定したら良いか聞いた。推薦された神は五人おり、しかし、その三人までは悉く大己貴神（大国主命）の懐柔により、その軍門に下り、最後に経津主神《ふつぬしのかみ》と武甕槌神が派遣された。

特に武甕槌神は自ら平定軍に志願。弁天島を灯台の様に目印にし、稲佐の浜に上陸した彼は、十握《とつか》の剣を逆さまに大地に突き刺し、その切っ先に膝を立てて座った。そして、大己貴神にこう談判した。

「高皇産霊尊が皇孫を降らせ、この地に君臨しようと思っておられる。そこで我ら二人を平定に遣わされた。お譲りするか否か、返事を聞きたい」

この強談判《こわだんぱん》に大己貴神は、

「私の子供、事代主神《ことしろぬしのかみ》と相談して御返事しましょう」

と、即断ではなくワンクッションを置く思慮深い返事をした。この辺が大己貴神の今に愛される温厚な人柄だと言える。

長男の事代主神はその時、美保の崎《みさき》で釣りをしていたという。美保の崎は島根半島東部、今の島根県美保関《みほのせき》だ。事代主神は即座に無抵抗を宣言。青柴垣《あおふしがき》を作って海中に退去した、という。あっさりと、武甕槌神に降伏したということだ。

事代主神を長男と書いたのは訳がある。記紀のもう一つ、『古事記』には、二男が登場し、戦いを挑んだ、と書かれているからだ。その神の名を建御名方神《たけみなかたのかみ》という。しかし、勇気あるさしもの建御名方神も武甕槌神に敗れ、なんと信濃の国、州羽《すわ》の海まで逃げて降伏した、と書かれている。今の諏訪湖のことだ。

この事は、大己貴神・大国主命は日本列島に沿って日本海沿岸各地を北上。新潟県、更には内陸の長野県までも勢力圏下に置くか、同盟関係を築いていた可能性を示唆している。

大国主命当時、新潟・糸魚川《いといがわ》市で産出する翡翠《ひすい》は玉《ぎょく》として珍重され、日本各地の縄文遺跡、弥生遺跡から大量に発掘されている。

糸魚川は地名で、主な原産地はその糸魚川市に流れ込む姫川《ひめかわ》という川の上流の小滝川地区。この姫川は日本列島を真っ二つに割る「糸魚川静岡構造線」（フォッサマグナ）上にある。

ここは、古来、越《こし》の国と呼ばれ、『古事記』には、大国主命がこの越の国の沼河比売《ぬなかわひめ》に惚れ、正妻の須勢理毘売《すせりびめ》が嫉妬した、と書かれている。大国主命は胸形の奥津宮に居る多紀理毘売の他、十三人の妻が居たとも書かれ、艶福家として有名だが、胸形とは宗像大社のことだから新潟県から北九州までを勢力下、もしくは交易圏に置いていた証明にもなる。

事代主神は宍道湖の入り口、東岸地区を中心に海運、漁業を、建御名方神は越の国周辺を統治していた日本海沿岸の王たちだろう。

素戔嗚尊の昔から苦労して開発、統治、傘下に置いてきた国を従順に温厚にあっさりと天神族に譲った、縁を結んだ大国主命は、だからこそ幸せを振り出す打ち出の小槌を持つ縁結びの神様、大黒様と慕われ、その長男の事代主神も恵比寿さんと崇められ、海運、漁業、商売繁盛の神様となった。

「大国主命の国・出雲は、その当時は未だ銅剣、銅矛の国だったのですよ。加茂岩倉遺跡から発見された夥《おびただ》しい銅鐸《どうたく》と、その近くの荒神谷遺跡から発見された三百五十八本もの銅剣がそれを物語っています。ところが、この出雲の国の人々は知らなかったのですが、実はここ出雲の国は砂鉄の一大産地だったのです。砂鉄そのものは知っていたでしょうが、その使い道を知らなかった。知っていたのは、素戔嗚尊の出身地、天神族の国、天照大神が君臨する天上界の人達でした。だから、素戔嗚尊が退治した八岐大蛇の尻尾から天叢雲剣《あまのむらくものつるぎ》、後に草薙剣《くさなぎのつるぎ》と言われますが、切れ味鋭い鉄剣が出てきたのです。〝鉄の国〟を表わす何とも象徴的な神話です。恐らく素戔嗚尊は、出雲には砂鉄が豊富にあることを小耳に挟んだ天上界から派遣された征討軍の大将だったのですよ。天上界では銅の時代は終わり、早々と鉄の時代に入っていたのですね。私はそう思います」

武彦の理略整然とした話に、稚子は戦慄を覚えた。確かにかつてここ出雲は、たたら製鉄が盛んで、その遺構が随所に残っている。稚子のような文献史学者からは出て来ない発想。武彦は素人の素朴な推論、仮説と言ったが、稚子は自分自身が体現した「鳥名子舞」での仮説と似ているのではないか、と思った。

稚子が知る中国の古文書、『魏志倭人伝』の直前に書かれている『韓伝《かんでん》』には、「国、鉄を出す。韓、濊《わい》、倭、皆縦《ほしいまま》にこれを取る」とあり、倭人も鉄は「韓」まで行き、好きなだけ採って来ている、と書かれている。鉄は〝輸入〟に頼っていたのだ。

その鉄が、出雲には大量にある。「韓」まで行かなくても手に入る。天上界が何としてでも出雲を手に入れたかったか、想像に難くない。武彦の仮説は的を射ているのだ。

「だからこそ、この出雲大社の参道にある鳥居はその辺りを象徴するかの様にコンクリート、木、鉄、銅の順番に並んでいるのです。コンクリートで造ってある宇迦橋の一の大鳥居は元々は石の鳥居だったでしょうし、二の鳥居・勢溜の大鳥居は木、続いて三の鳥居は鉄、そしていよいよ御本殿に近づく荒垣門にある四の鳥居は銅。この出雲では、銅がメインですから御本殿周りは鉄ではなく、やはり象徴的な銅の鳥居でなくてはいけない。これが出雲の歴史なのです。石器時代からの歴史を忠実になぞっているのですね」

それを確認するために、武彦は鳥居をくぐる度に、その鳥居を触っていたのか…。稚子は、「なるほど…。それで宅畠さんは鳥居を触っていらっしゃったのですね」

と、納得した。

「しかし、面白いですよね。いつの間にか天上界の主役が天照大神から高皇産霊尊に代わり、『古事記』では高皇産霊尊は高木神《たかぎのかみ》に変わり、念願の〝鉄の国〟・出雲を奪取したのに皇孫の瓊瓊杵尊は出雲ではなく、日向《ひむか》の高千穂の槵触峯《くしふるたけ》に天下って行く。その辺の曖昧さが、記紀の信憑性に疑問符を付けられてしまうのです。残念です」

武彦の本当に残念そうに語る口調に、稚子は歴史を愛する武彦の思いを感じ、うれしくもあり、たくましさを感じた。

それに武彦が、『日本書紀』と『古事記』の微妙な違いを把握しているのに驚いた。

「だからなのです。天照大神が『魏志倭人伝』に描かれている卑弥呼なら、卑弥呼が亡くなった後、即位した宗女・台与《とよ》（『魏志倭人伝』の表記は「壱与《いちよ》」）が二代目・天照大神で、この辺りは岩戸神話の甦り、生き返りが当てはまります。突然、高木神が主導権を持ってアレコレ指示するのも、十三歳の台与がまだ〝邪馬台国の女王〟という地位に慣れていないため、その父親がしゃしゃり出て来た、と見れば話しは通ります。学会でもそういう説があります。宅畠さんはそんな文献史学の繊細な処にお気付きになっているのです。凄い事です。もっとも、今、私が話したことは、卑弥呼＝天照大神というあくまでも仮説ですけど」

この稚子の話に武彦は更なる仮説を付け加えた。

「伊勢神宮にもその天照の生まれ変わり説がまことしやかに語り継がれていましてね。伊勢神宮には内宮《ないくう》と外宮《げくう》が在りますが、内宮はもちろん天照大神が祭神ですが、外宮の祭神は豊受《とようけ》大神《おおみかみ》。その台与だと言うのです。豊と台与、同じトヨですから、確かに話が通りますよね。この二人のセットがあってからこその天照大神、伊勢神宮、という事なのです」

文献では見通せない出雲大社の成り立ちが、おぼろげながら見えて来たのでは、と稚子は人心地ついた思いだった。

その時、素鵞社で出会った老夫婦が再び現れ、この小さな礼拝所を前に長話をする二人に近づいて来た。

「アラッー、またどうしてこんな処に礼拝所があるの？　スイマセン、教えて貰ってもいいですか？」

ご婦人の方が、ガイドさんと勘違いした稚子に声を掛けた。すっかり武彦が雇ったガイドさんと思っているらしい。

稚子は苦笑いを浮かべながら、

「私も今さっきこの方から教えて貰ったのですが…」

と、断わり、武彦から聞いた通りの話をかいつまんで伝えた。文献よりも武彦の仮説の方が一般の人には分かり易い。稚子はそう思ったからだ。

すると、そのご婦人は、

「だったら、私達もその稲佐の浜に行かなくっちゃ。ねえ、アナタ⁉」

と、相方の袖を引いた。

「そうだね。縁結びの出雲大社より、そういう話の方が我々属人には面白い。稲佐の浜でお会いしたら、また宜しくお願いします」

白髪が年相応に美しい相方が、稚子に、そして武彦にペコリと頭を下げた。

武彦は失礼とは思いながら、自分よりは年上だと推測して聞いた。

「どちらからですか？」

白髪が答えた。

「東京です。二人で旅に出るのは初めてでして、新婚旅行のやり直しで来ました」

稚子が目を輝かせてこれに反応した。

「アラッー、私も東京です。じゃあ、旧婚旅行なのですね⁉　東京はどちらですか？」

これには、ご婦人の方が答えた。

「板橋です。お宅さんは、ガイドさんじゃないのですか？　ガイドさんとばかり思っていました。失礼しました。お宅さんは東京のどちらから…」

「早稲田です。新宿区ですね」

と、稚子は答え、武彦を振り返って、

「この方は大田区。今は伊勢にお住まいですが、お子様たちは大田区にお住まいです」

と、紹介した。

武彦は改めてお辞儀をしながら、

「失礼ですが、お幾つですか？」

と、聞いた。

「実は二人共、喜寿の七十七です。新婚旅行のやり直しと言いましたが、喜寿のお祝いに子供達が出雲旅行をプレゼントしてくれましてね、ハハハ」

白髪は嬉しそうにのけぞって見せた。

「素敵ですわね。喜寿のお祝いを兼ねた旧婚旅行。楽しんで下さいね」

稚子は本当に羨ましそうに老夫婦を見送り、そっと武彦の左腕に自分の右腕を絡めた。自然な成り行きに武彦もそのままで歩みを進めた。

西十九社の前まで来ると稚子は、

「東十九社の前でも何か謎めいた事をおっしゃいましたね。オブザーバー参加、とか何か…」

武彦は、

「そうなのですよ」

と、鳥居、礼拝所、に続く謎解きを証《あか》し始めた。

「私はこの出雲を九州北部にあった邪馬台国の征服地と見ているのですが、『魏志倭人伝』には邪馬台国連合の倭国は三十ヵ国、とありますよね。だからその三十ヵ国の代表が年一回集まってここ出雲の統治会議を行ったのではないかと想像したのです。砂鉄の一大産地ですから、その取り分を話し合ったのかも分からない。今の石油輸出国機構（ＯＰＥＣ）と同じですよ。神々の宿舎が三十八社もあるのは、『魏志倭人伝』にある〝つまびらかに出来ない〟その他の国々がその八社に当たるのではないかと思うのです」

「だから東十九社、西十九社なのですか…」

「そうだと思います。私が睨んだ通り、ここ出雲に来れば謎に包まれた邪馬台国連合、倭国のあらかたが分かるのです。『魏志倭人伝』に描かれた倭国は、特に邪馬台国は日本の何処を探しても分かりません。『日本書紀』や『古事記』は、大和政権の産物だからよけい分からない。でも、出雲は征服地、植民地だから〝征服された当時の昔の姿〟を色濃く残しているのです。西洋人の植民地となった東南アジアを、その西洋人から解放しようと、日本軍がその東南アジアに進出。その東南アジアでは、今なお高齢者が日本の童謡等を歌っているのをご存知でしょう？　それと同じです。だから、出雲に来たかった」

武彦の思い詰めた語り口に、稚子は言葉が出ず、頷きを繰り返すだけだった。

「この巨大な注連縄《しめなわ》が、『日本書紀』にある〝その宮は柱を高く太く、千尋もある栲の縄で結わえてしっかり結びましょう〟という証明です」

武彦は神楽殿に飾り付けられた大注連縄を仰ぎ見ながら、また一つ、〝昔の姿〟を証明に使った。この大注連縄は長さ十三・五《メートル》、太さ八《メートル》、重さ四・四《トン》にも及ぶ日本最大級の注連縄だ。市井のガイドブックには必ず掲載されている出雲大社の象徴だ。

「さあ、いよいよ稲佐の浜に行きましょう。神々がやって来る、征服者の邪馬台国連合、倭国の、鋭く恐ろしい武器・鉄剣を携えたエイリアン達が上陸した浜に！」

武彦の力強い声に、稚子は組んでいた右腕に力を込め、さらに左手で武彦の左腕をしっかりと掴んだ。

「美味しいですね！」

稚子は喉を通る蕎麦に舌鼓を打った。蕎麦の実を殻ごと臼で引いた蕎麦殻色の出雲割り子ソバ。蕎麦殻ごと蕎麦粉にするせいか、蕎麦の香りが美味しさをさらに引き立てる。三段重ねで食べるのが出雲ソバの特徴で、バラエティー豊かな薬味が味わえる。神迎《かみむかえ》の道《みち》に点々と並ぶ出雲ソバの店の一軒に二人は入ったのだ。

神迎の道は、稲佐の浜から出雲大社の勢溜の大鳥居に続く道幅九尺《くしゃく》（一間半＝約二・七《メートル》）の一本道。毎年、十一月には稲佐の浜に御神火が焚かれ、神々を迎える神迎祭《かみむかえさい》が行われて、この道を大社へと導く。国道四三一号線は後年出来たバイパスで、本来はこの神迎の道が〝侵略者達〟の凱旋ルートだったのだろう。

勢溜とは、この鳥居の辺りに芝居小屋が立ち並び、大いに賑わった、人の勢いが留まった、という事から名付けられた、と言われている。

「しかし…」

と、武彦は稚子にここでも自説を展開した。

「明らかにあの辺は丘の頂上。攻め込んでくる侵略者を阻止する防御、大手門があったはずです。侵略者の勢いを止める所だったのです。だから勢止め門。それが勢溜にかわっていったのでしょう。逆に武甕槌神の侵略軍は稲佐の浜から一直線にその大手門に殺到した。そこが神迎の道として侵略者達の凱旋ルートとして整備された。素人の私の目にはそうとしか見えません」

出雲ソバに舌鼓を打ちながら、武彦はお茶代わりに蕎麦湯にも手を伸ばした。実はこの神迎の道にある蕎麦屋に入ったのはこの店で三軒目。旅の初日に稲佐の浜に出、一旦、神迎の道を勢溜の鳥居まで引き返した時に腹ごしらえに一件目に立ち寄り、稲佐の浜の夕陽を堪能してからもう一度、別のお店に入った。

そして、最終日のこの日、「今一度」と、稚子が提案してわざわざこの神迎の道の別の店の暖簾をくぐったのだ。

稚子はその前に、神迎の道の入り口に立つ古風な漆喰壁のお菓子屋にも寄った。百八十年ほど前の江戸時代・文政年間創業を謳う老舗御菓子司「高田屋《たかたや》」だ。

「昨日、ここを通った時に見つけたの。宇豆柱をそのままモチーフにした円形の最中《もなか》で、年輪を刻んだ三つの柱が可愛く描かれているでしょう。『雲太』と言う名前が付けられているし、出雲ゼンザイは持って帰れないけど、この小豆最中なら出雲土産にピッタリ！」

と、十個入り千五百円を四箱も買った。スイーツには目が無い女子そのものの微笑ましさに、武彦は自然と頬が緩んだ。

この日は、それまで日本の遺跡から出土した数、三百本を上回る三百五十八本もの銅剣が一ヵ所から出土した荒神谷遺跡、夥しい三十九個の銅鐸が固まって出土した加茂岩倉遺跡を駆け足で回って来た。

JR出雲市駅から山陰本線を松江方面に二つ上った荘原《しょうばら》駅で降り、そこから、「フラワー観光」という地元タクシーで十分ほど。国の指定史跡・荒神谷遺跡に着いた。斐伊川上流の山あいの何でもない場所だったが、昭和五十九年（一九八四年）、出雲ロマン街道建設に伴う遺跡分布調査中に発見された、と言う。

「ここの住所は、出雲市斐川町神庭《かんば》。如何にも相応しい地名ですわね」

史跡公園として整備された入り口にある博物館でパンフレットを手にし、稚子は思わず声を上げた。一般の人々には想像もつかない普通の山あいだが、仏・法・僧の三宝を守護する仏神、三宝荒神《さんぼうこうじん》が祀られ、地元の人々には〝神庭〟、と畏敬の念を誘う何かがある場所。そう伝えられてきたのだろう。そういうこともあり、荒神谷遺跡と命名された、と言う。

博物館からほんの少し小道を遡り、左手の小山に目指す荒神谷遺跡はあった。

銅剣は明らかにその南向きの二十二《メートル》の小山の斜面に綺麗に四列に並べられて埋められていた。打ち捨てられた訳ではない。何らかの思いを込めて隠された、と言った方が妥当だろう。長さ五十《センチ》前後の中細形《なかほそがた》だ。

「侵略者達に武装解除されたのでしょう。でも、いつの日にかこの銅剣を手に侵略者達を稲佐の浜から追い返そう。その日が来るまで堪忍しよう。そんな思いが伝わって来ますね。ほんの少々、銅鐸もここに埋められていたらしいです。銅鐸は近畿中心にこの中国地方からも沢山出土する銅鐸圏の祭祀道具だという見解がなされていますから、この銅剣も祭器だったかも分かりません。しかし、熱い思いを込めたその気持ちが伝わって来ますね」

武彦はセリーヌからガラ携を取り出し、発掘場所に向けてシャッターを押した。稚子も愛用のキャノンで何枚もシャッターを切った。武彦が言った様に、銅剣と共に銅鐸が六個、銅矛が十六本も出土している。

その後、回った加茂岩倉遺跡は更に異様だった。平成八年（一九九六年）、V字に掘削していた農道工事中に大量の銅鐸が発見された、と言う。荒神谷遺跡の南東約三㌔、雲南市加茂町岩倉のほとんど山の頂上付近だ。祭祀道具だけに、雨水に浸からない山の上に大切に隠匿されたのかも分からない。掘削中に山の斜面が崩れ、そのために崩壊した物も多かった。

全国最多の三十九個の銅鐸が出土し、そのほとんどから〝入れ子〟と言われる小型の銅鐸が出てきた。特筆されるのは表面に鹿、トンボ、人面等の絵が描かれた物が七個もあった事と、鈕《ちゅう》と呼ばれる吊り手の部分に「×」が刻印された物が十四個もあった事だ。

平成二十年（二〇〇八年）、これらの銅鐸は国宝に指定され、平成十年（一九九八年）、既に国宝に指定されていた荒神谷遺跡から出土した銅剣共々、出雲大社東側の島根県立古代出雲歴史博物館に綺麗に復元されて展示、公開されている。それはまさに圧巻の一言だ。

「これらの遺跡は、蛇行した斐伊川上流に揃ってありますよね。八岐大蛇神話といい、そのほとんどが斐伊川に絡んでいる。もう一つ、出雲に来たら是非、見ておかないといけないのが、斐伊川のすぐ側にあるんですよ。そこへ回りましょう」

武彦は稚子にそう告げると、待たせていたタクシーの運転手さんに手短に指示した。

「四隅突出墳に行って下さい」

「西谷《にしだに》ですね。了解です！」

西谷墳墓群史跡公園は出雲市大津町にある二十七基から成る墳墓群。その中でも六基は四隅突出型墳丘墓と言い、ヒトデ型の珍しい古墳だ。特に三号墓は弥生後期の物で、出雲地方最初の王の墓と言われ、縦五十五《メートル》、横四十《メートル》、高さ四・五《メートル》もある。丁度、出雲大社に戻る途中にあるので運転手さんにも好都合だった様だ。

「弥生後期の物とされているこの三号墓は、ひょっとすると素戔嗚尊のお墓か、若しくは大国主命かも知れません。四隅突出墳は朝鮮半島との関係を取り沙汰されていますが、素戔嗚尊は渡来人説もありますから、どうでしょうか…」

武彦の解説に稚子は目を輝かせて続けた。

「そう思った方がロマンがありますわ。夢がありますもの。宅畠さんが出雲の旅の最後、締めくくりにここに連れて来てくれた事に感謝感激です！」

稚子はこの旅の目的が邪馬台国の所在地比定であることは分かっていたが、もう一つの目的が何であるか思い出していた。

（二人のロマンの成就…。そうであって欲しい）

稚子は、登れるように整備された四隅突出墳の二号墳の頂上でつくづくそう思い、思い切り背伸びをした。眼下には斐伊川がゆったりと流れ、遠く島根半島の山々に沸き立つ雲が立ち並んでいた。

「最後に出土した銅剣、銅鐸が展示、公開されている県立出雲歴史博物館に回りましょう」

武彦の声に促され、二人は同博物館で綺麗に復元された輝く銅剣、銅鐸などの国宝四百十九点を堪能した後、神門通りの名物、出雲ゼンザイの店に入った。「ぜんざい」は出雲発祥と言われ、神在祭《かみありさい》の時に振舞われた神在餅《じんざい》が訛って「ぜんざい」になったと言われている。店によって白玉団子、焼き餅、茹で餅が入る。小豆がたっぷり入り、小豆汁が溢れるほどで、稚子は、

「出雲に来て良かった！」

と、白玉団子をほうばりながら声を上げた。

「雲太」という最中のお土産まで手に入れ、ぜんざい、蕎麦、と名物を梯子した後、今度は武彦が「今一度」と、稲佐の浜へと稚子を誘った。

偶然だが、そこには、旅のフィナーレを飾る出雲の〝奇跡〟が待っていた。

稲佐の浜に出て、出雲大社の方を振り返った稚子がここでも素っ頓狂な声を上げた。

「見て見て！　あんな雲も初めて⁉」

その声に武彦も振り返った途端、絶句した。何と、出雲大社の上空に綿菓子の様なまん丸い雲が浮かんでいたのだ。かなりの大きさだ。

「へェー、不思議だなあ…。富士山周辺で、時たまこんな雲が出る、という話は聞いた事があるけど、本当にあるのだなあ。やはり、出雲の山々にぶつかる湿った空気が演出するのでしょうね」

綿菓子雲は、吊るし雲、笠雲の変形で、湿った空気が山にぶつかり上昇気流となって雲とな

るが、その上空に強い風が吹いていると風下の雲の下部分が消え、時には丸～るい雲を出現させる。

稚子が発見した綿菓子雲は、アドバルーンの様に出雲大社の上空にしばしの時間、たゆたい、二人を幽玄、幻想の世界へ誘《いざな》った。

稚子は感激で胸が熱くなっていた。

（間違いなく吉兆だわ…。出雲大社は本当に縁結びの神様なのね…）

二人は無言で出雲の〝奇跡〟を見上げていた。そして、思い出した様に慌しくカメラのシャッターを切った。

稚子の胸の内が通じたか、武彦が声を掛けた。

「国見さん、あの雲をバックに一緒に写真を撮りましょう！」

そういうことには全く関心を寄せて来なかった武彦が初めての言葉を口にし、シャッターを押してくれる観光客を物色し始めた。

その時、一人の老婦人が武彦に近づいて声を掛けてきた。

「アラッー、昨日は色々とご教授下さいましてありがとうございました」

何と、出雲大社で出会った東京・板橋から来たと言う喜寿夫婦だった。

「昨日もあれからこの稲佐の浜に来たのですが、主人が最後にもう一度、と言いまして来てみました。シャッターを押しましょうか？」

「申し訳ございません。お願い出来ますか？」

武彦が頭を下げるのに合わせ、稚子も、

「宜しくお願い致します」

と、頭を下げた。

「あの雲をバックに撮って貰いたいのですよ」

武彦が振り仰いで綿菓子雲を指差すと、老夫婦も驚きの声を上げた。

「アラッー、何なのでしょうあの雲⁉　アナタ、私達も撮ってもらいましょうよ」

板橋夫人は傍らに立つ喜寿亭主に声を掛けた。

「やっぱり、もう一度来てみて良かったじゃないか。シャッターは私が切りますよ。家内よりは腕はいいですから」

喜寿亭主は最後のお願いが図星となった事で、勝ち誇った様に板橋夫人からカメラを受け取り、構図を考えて何と四回もシャッターを切った。

もちろん、武彦もお返しに喜寿夫婦の微笑ましいツーショットを撮ってあげた。

「ありがとうございました！」

どちらかともなく、お互いにお礼の言葉を口にし、稚子が喜寿夫婦に、

「これから東京へお帰りですか？」

と、聞いた。

「ええ、夕方の便で帰ります。旅の最後に、大国主命さんが風船で名残を惜しんでくれている様な嬉しい、珍しい雲まで見せて貰って素晴らしい喜寿旅行になりました。本当にお世話になりました」

白髪の美しい頭を下げた喜寿亭主に合わせ、板橋夫人も深々と頭を下げた。幾年もの苦労を重ねたこれが阿吽《あうん》の呼吸と言うものだろう。下げた頭を上げるタイミングがピタリと合っていた。

喜寿夫婦はもう一度、綿菓子雲を見上げ、振り返って弁天島を目に焼き付けて、神迎の道への砂浜を戻って行った。

「いいわねえ、人間の年輪を感じさせるご夫婦ね。私も、ああ成れるかなあ…」

稚子は、そう呟いて武彦を見た。

「大丈夫。稚子さんは、成れます。逆境から、『鳥名子舞《となごまい》』をこの世に誕生させた稚足姫命《わかたらしひめのみこと》の『稚』の字を頂く名前を持っているのですからね」

武彦は即座にそう答え、

「それに…」

と、付け加えた。

「年の功で言えますが、稚子さんは良い奥さんに成れますし、良いお母さんにも成れます。古稀の爺さんが保証します」

武彦の頬にエクボが鮮やかに刻まれた。

「古稀の爺さん、だなんて…。宅畠さんは古稀になんか見えませんわ。私の父は傘寿の八十歳ですけど、本当にもうお爺ちゃん。私の姪や甥を猫可愛がりする好々爺ですもの」

「そうですか。じゃあ、元気ついでにいよいよ邪馬台国の本拠地に行ってみますか⁉」

「エッ、本当に⁉ いいのですか、私が付いて行って？」

「行きましょう、行きましょう！ 大学での研究もあるでしょうし、取り敢えず一度、出直しましょう。そして、次回は福岡空港で落ち合いましょう」

「ウワッー、嬉しい！ やはり、宅畠さんの描く邪馬台国は北部九州なのですね。何処だろう？……。宅畠さんが仮想する邪馬台国へ連れて行って下さい！」

稚子は幻の邪馬台国への旅はもちろんだったが、武彦とまた同行できる事の方が嬉しかった。

稚子は自然と綿菓子雲と弁天島に柏手を打った。喜寿夫婦は綿菓子雲を出雲大社の御祭神・大国主命の名残を惜しむ風船、と言ったが、稚子には武彦との二人の前途を祝福する幸せの風船の様に思えた。

第二章　《香具山《かぐやま》》

福岡・朝倉市（前甘木市）を流れる小石原川（元安河）の下流にある平塚川添遺跡。卑弥呼の邪馬台国を彷彿とさせる。

《香具山》

野洲《やす》川を挟んでの睨み合いはもう十日を越えた。木や石で作った鋤や鍬での小競り合いならまだ被害が少なかっただろうが、最近は銅で出来た刃物を振りかざす者が増え、それが元で死に至る者が出だしていた。

銅は朝鮮半島を経由し、何よりも工作し易いということで、それまでの刃物の主流だった黒曜石に替わって、稲穂を切り取ったり、魚を捌いたり、鹿や猪を狩るのに使われだした道具だ。それを争いの場に持ち込んだ時から険悪さは増した。

「このまま話し合いがまとまらないとなると、大変なことになる。あの銅製の刃物は魔物の様なものだ。それに最近は…。川添《かわぞえ》村の衆も相当殺気だっている。生態《いくま》、その後の話し合いは進んでおるのか？」

安満《あま》村の長《おさ》を務める高木《たかぎ》の言葉に一座の目が一斉に生態と呼ばれた若者に注がれた。安満村の村人達による緊急の寄り合いが連日行われている。

生態は一座をゆっくりと見渡し、口を開いた。

「堰《せき》を造られたら生きていけない、の一点張りです。そのことは、我々も重々分かっているのですが、堰を造って水を引かないと我々の田圃も干上がってしまいます。今までの様に稲の種蒔きの日をずらしてやれば良いのではないか、と話してはみたのですが、川のアッチとコッチ、上《かみ》と下《しも》。お天道様の都合は同じですから、川添の衆も譲らないのです」

筑後川の支流、野洲川（元、安河。現、小石原川）は秋月の山々を源に流れ落ち、筑紫平野の中でも最も肥沃な扇状台地を作り上げていた。その野洲川が扇状地に流れ出す最初の丘陵台地に安満という村落があり、野洲川が肥沃な土地を真っ直ぐ五十里流れ下った処に川添の村落があった。五十里、というのは、中国・魏王朝の単里で、今に直すと約四キロメートル。一里は約八十メートルだ。

元々、安満と川添は台地続きで共に同じ舌状丘陵地上にあったが、暴れ川と呼ばれる野洲川の度重なる氾濫で分断され、ついには今回の様な〝水争い〟を引き起こす不仲となった。

高木は先祖から言い伝えられた話を思い出していた。そもそも、安満の人達は移住者だった、と言う。ここ筑後に来る前は、玄界灘に面した筑前の地、「山門《やまと》」に住んでいた。

そこは令和の今、福岡平野の西の端を流れる室見川《むろみがわ》流域。『日本書紀』で言う国生みの親・伊弉諾尊《いざなぎのみこと》が禊《みそ》ぎ祓《ばら》いをした「筑紫の日向《ひむか》の川の落ち口の、橘の檍《あわき》原」、もしくは「橘の小門《おど》」と、日本最古の王墓ではないかとされる国の史跡・吉武高木《よしたけたかぎ》遺跡の中間にあたる。現在の地名は、福岡市西区下山門《しもやまと》、上山門《かみやまと》。周辺には、野方《のがた》遺跡、壱岐遺跡等の遺跡が密集する地域だ。

この一帯は、明らかに国生み神話の舞台と思われ、天照大神、月読尊《つくよみのみこと》、素戔嗚尊が生まれた「橘の小門」は、令和の今も福岡市西区小戸《おど》として現存する。十郎川と名柄川に挟まれた三角州を形成する地域で、その三角州の先端は小戸公園として整備され、小戸大明神が鎮座する。創建は江戸時代の享保年間、となっているが、伊弉諾尊の禊ぎ祓いの地、神功皇后の三韓征伐出師の地、との云われが残されていた神聖な場所だった、と言う。神社の入り口にある由緒を書いた標識には、「全国の神社で奏上されております祓詞《はらえのりと》の中に小戸の地名が入っております」、とある。

小戸大明神の先の妙見岬に立つと、目の前に北の能古島《のこのしま》、西に今津湾を挟んで糸島の〝筑紫富士〟、糸島富士とも言う綺麗な円錐形をした標高三六五メートルの可也山《かやさん》、南の眼下に波が泡立つ様な静かな入り江と市立ヨットハーバーが展開する。檍原とは、波の泡が起きる場所、泡起原の事ではないかと妄想してしまう立地だ。

　また、能古島のすぐ北には志賀島《しかのしま》があり、海の中道《なかみち》と呼ばれる砂嘴《さし》で福岡市街地と繋がっている。この海の中道が、『日本書紀』に書かれた「天の浮橋」と思われ、伊弉諾尊と伊弉冉尊《いざなみ》がそこに立ち、矛を海水に浸し掻き回し、その矛の先から滴り落ちた海水が固まって出来たのが磤馭慮島《おのころじま》。二神はその磤馭慮島に降り立ち、次々に国を生んだ、と書かれている。この磤馭慮島が、今の能古島と見ても穿ち過ぎではないのではないか。能古島の志賀島を臨む北側、このしまアイランドパークには奈良時代からの狼煙台が復元されていて、博多湾岸に住む人々への通信基地という重要な役割を果たしていた事が窺える。

　志賀島は今では、西暦五七年の後漢時代、光武帝《こうぶてい》から賜った「漢委奴国王」の金印の出土地として有名だが、ここそが伊弉諾尊、伊弉冉尊の二神が国生みした最初の淡路洲《あわじのしま》ではないか。海の中道という砂嘴によってかすかに繋がれているだけに、まだ独立した「島」ではないことを表わした「淡い」、「路《みち》」によって繋がっている「洲《しま》」としたのではないかと思える。『日本書紀』の一書には、「第一番に淡路洲が生まれたが蛭児《ひるこ》（不具の子）だったので葦舟に乗せて流した。（改めて）次に淡洲《あわのしま》を生んだ」とあり、今の志賀島を重ね合わせれば、一書に書かれた情景がありありと目に浮かぶ。通説の瀬戸内海の淡路島の在り様とは、明らかに異なる。

　余談ながら、金印の「漢委奴国王」の読み方だが、「かんのいど（いぬ）こくおう」と読み下す。読み慣わされている「かんのわのなのこくおう」は、日本人的発想で、中国では古代から今に至るまで、蛮夷《ばんい》の国を「わのなの」などと二重読みした例は無い。

小戸→能古島→志賀島は、博多湾を真っ二つに分断する様に綺麗に南北に連なっている。博多湾岸を語る時、この三ヶ所は神話の世界でも現代でも決して外せない重要な並びである様に見える。そんな仮説、妄想、空想が次々に思い浮かぶ処が、この小戸という地だ。

下山門、上山門には、そういう立地背景がある。ただ、この辺りは吉武高木《よしたけたかぎ》遺跡に住む〝吉竹高木族〟に室見川、十郎川、名柄川の水源を抑えられ、苦難を強いられていた。安満の人達が、〝水争い〟の無い新天地を求めて筑前の地を離れ、筑後川上流の安満の地にこぞって移住したのは当然のことだった。

しかし、この安満の人達は自分達の本願地が「山門《やまと》」であることを決して忘れなかった。天《てん》、アマから降《くだ》った伊弉諾尊の末裔を自負し、村の名前をアマの音《おん》を残して安らぎが満る「安満」とはしたが、自分達が開拓したこの台地と田圃を誇りを持ってこう呼んでいた。

「山門台」、あるいは「山門田」。「ヤマトダイ」、「ヤマトダ」…。後の三世紀後半、中国・西晋の歴史書『魏志倭人伝』に「邪馬台国」と書かれたこれが原型だ。安満は後に、「天族《あま》」の国、天城《あまぎ》と名を変え、さらに甘木と変遷した。

高木の記憶が正しければ、川添村との間で勃発した〝水争い〟は、先祖伝来の新天地を汚すことになる。天族を名乗る誇りに泥を塗ることにもなる。高木の名は、天族と吉武高木族の融和から頂いた名前だ、と親から聞いたことがある。

（何よりも融和が大事なのだ…）

と、高木は自らに言い聞かす。

この時、西暦二〇〇年。安満と川添だけではなく、玄界灘に臨む筑前の村々は水を巡る争いで、血で血を洗う抗争までも引き起こしていた。その争いの波は、倭国の米どころ、筑紫平野にも及んできたのだ。

（せっかく、〝水争い〟が起こらないであろうと思われた新天地を御先祖様達が切り開いたというのに…）

高木の思いは当然であった。

雄大な筑後川が育む筑紫平野は、この平野に暮らす人々の生活を潤し、約三百年前に倭国に持ち込まれた水稲の籾は、居場所を得た様に瞬く間に平野を埋め尽くし、舌状丘陵地には次々と村落が生まれた。現在の佐賀・吉野ケ里遺跡もその一つ。典型だ。

肥沃な土地、豊富な米を背景に筑前、筑後の村々は富み栄え、その余裕から争いは無く、たとえ小さな小競り合いがあっても話し合いで解決してきた。

人々はお互いを尊重し、上下関係とはおよそ無縁な車座に座り、それぞれの立場を主張し合って、より良い結論を導き合った。

大国、中国の漢王朝はその様に問題解決を図る民族性を冷笑しながらも、

「輪になって和を尊ぶ民族」

と、いう意味で、

「わ」

と、名付け、常套手段の卑字を充てて、

「倭」

と、呼び慣わした。「倭国」の誕生だ。

ところが、その大国・漢が前漢、新、さらに後漢、と目まぐるしい政変に見舞われ、ついには黄巾《こうきん》の乱が起こり、難民が朝鮮半島を経由して倭国に流れ込んで来る様になると、事態が一変した。倭人は今までの話し合いよりも、一瞬で片が付く戦闘を選ぶ様になった。玄界灘に面した筑前の村々はそんな力任せの波に一呑みにされた。

戦いの様相を一変させたのは、朝鮮半島の濊《わい》で採れる鉄で作った剣だ。それまでの銅剣、銅矛に代わり、より鋭利で強い鉄で出来た鉄剣、鉄矛が幅を効かす様になり、争いの凄惨さが目を覆うばかりになった。

『魏志倭人伝』には、「其の国、本《もと》と亦《ま》た男子を以て王と為し住《とど》まること七、八十年。倭国乱れ攻伐すること歴年」と、その当時の倭国の模様が記されている。

安満と川添の争いもそんな時に起こった。水田用の堰は、まず川上の安満が最初に造り、次に川下の川添が造る。稲作がこの筑紫平野に伝播した時から、この方式は変わらなかった。川添の衆には不満はあったが、川下という絶望的な不利に甘んじてきていた。水が無ければ稲は育たないし、村人の空腹を満たす事も出来ない。

稲作の伝播と共に村は増えたが、人口も爆発的に増加した。川添もその例にもれず、この年には五百人を超えた。元々、安満とは同じ舌状丘陵地上にあったが、暴れ川の野洲川に分断され、里山状態となった村だ。それだけに、人口の増加に伴い、平地にあった平塚地区にまで村が広がりだしていた。

争いは、長年の慣習に一度も異を唱えてこなかった川添の衆が馬田《まだ》の堰を壊したのが始まりだった。安満の村人にとって馬田の堰は、上流の高田《たかだ》、下流の馬田という良田を潤す、それこそ命綱だった。この両田の地域を人々は、「高馬田原《たかまだはら》」と呼び、天、アマから降った伊弉諾尊の末裔を自負する思いから、「高天原《たかまがはら》」と位置付ける人もいた。令和の今も、高田、馬田の地域呼称は朝倉《あさくら》市（前、甘木《あまぎ》市）に生きている。

高木には理解出来なかった。何故、今、川添の衆が話し合いも持たず、堰を壊す乱暴な挙に出たのか。水という利権は、誰にもどうすることも出来なかった。川上と川下。それだけで立場の上下が決まってしまう。我々の御先祖様が、筑前の山門の地を離れたのもそのことが、元だった。

（だからこそ…）

と、高木は思う。

先祖伝来のしきたり通り、上下の差、村落の差を無くし、全て話し合いで解決してきた。ひとたび問題が起こると、当事者達だけではなく、近隣の村々にも声を掛け、自分自身の問題として考えてもらった。特に水利に関する問題は多く、水への感謝を込め、年に一度は野洲川の河原で大々的に祭りを催したりしている。この祭りには、近隣の村々から大勢の人々が集まり、笛を吹き、太鼓を叩いてその年の豊作を祝った。自分の名前、高木の由来をその時々に思い出し、何よりも融和を優先させてきたのだ。

心当たりは無いが、気になっていた事はある。玄界灘に面した筑前の村々で起こっているという銅剣に代わる鉄剣、鉄矛による血生臭い抗争だ。

(風の便りで聞いてはいるが、その風潮がこんな処にまで押し寄せてきたのか。まさか、と思いたいが…)

前夜の生態の報告を思い出しながら、高木はこの春に出来たばかりの高床式の自宅の階段を降りた。自分には不似合いだ、と断ったが、村人が長に相応しい家を、と総出で造り上げたものだ。

「お父様!」

明るい大きな声に高木は振り返った。村の中心部にある機織《はたお》り場の窓から手を振っているのは、娘の日美《ひみ》だった。

貫頭衣《かんとうい》から伸びた首は細く、その上に小さな顔が乗っている。目は黒々と大きく、この娘の特徴である鼻の頭と頬骨がプクリと膨らんでいる。

（十年前に亡くなった母親によく似ている…）

と、高木はいつも思う。

（年頃になって来たこの頃は特にそうだ）

日美は、その亡くなった母親の形見である翡翠《ひすい》の勾玉《まがたま》をいつも首に掛けている。先祖代々、高木の家に伝わる宝物で、遠く越の国からもたらされた貴重な物だ、と母親から聞かされていた。日美は、この勾玉を殊の外、気に入っていた。

歳は、十六。同い年の娘達はとっくの昔に村の若者達の元に嫁いでいたが、日美は娘達の相談を聞いてやり、若者達との仲を仲介したりするだけで、誰とも一緒に成ろうともしない。

高木は気になって、一度、聞いてみたことがある。しかし、日美の答えは単純だった。

「好きに成れる人が居ないのよ」

これは、二つの意味で嘘である。実は日美には胸に秘めた思いがあり、好ましく思っている若者もいた。ただ、この時点ではまだ誰にも何も知られたくはなかったのだ。

「さっき、須佐にお仕置をしてやりました。いつも機織り場に来ては悪戯をするものですから、女の子達が困っているの。今日も蛙を十匹も窓から放り込んで、娘達が大騒ぎするのをキャッキャッと喜んでいるのよ。今日という今日は許さないからと、前々から考えていたお仕置きをしてやりました」

須佐は、日美とは三つ違いの弟で、村では評判の悪戯者だ。悪戯者だが、仲間達の評判は良い。同い年、年下の者には決して乱暴は働かず、喧嘩相手は必ず年上だ。須佐からすれば、年上というだけで威張り散らす、言ってみればささやかではあるが権威を嵩に着る輩が我慢ならないのだ。

その須佐にお仕置きを加えたと言う。高木は呆れた顔で日美を見た。

「持斎《じさい》叔母様が大事に為さっている鏡を借りて、須佐が窓から顔を覗かせた瞬間、お日様の光をその顔に当ててやりました。須佐はビックリして窓から転げ落ちていきました。その格好と言ったら、それはそれは可笑しくって。お父様にも見せてやりたかったわ、ウフフ」

持斎叔母様とは、高木の姉で、大陸から渡来してまだ日が浅い道教《どうきょう》を身に付けているこの安満村の祈祷師だ。持斎の祈祷は的確で、近隣の村にもその評判は聞こえ、連日、大勢の人が石囲い、ストーン・サークルの真ん中に設けられた持斎の掘っ立て小屋、祭壇所にやって来る。

『魏志倭人伝』には、倭国の風習の一つとしてこの「持斎」の話を載せている。

「其行来渡海詣中国…（中略）名之為持衰…（中略）謂其持衰不謹」

という部分だ。

意味は、倭国では中国に詣でる時、（祈祷師を）一人同行させ、頭を櫛けらず、虱《しらみ》等を取らず、衣服を変えず汚れたままにし、肉を食わず、婦人を近付けず、喪人の如くせしめる。これを名付けて持衰《じさい》と言う。もし、行程が上手く行けば、その財物を分け与え、疾病があるなど暴害に遭えば、これを殺す。何故なら、持衰が不謹慎だったからだ…と、言う。

この物語での「持斎」が発展、継続したものが「持衰《じさい》」と思われる。人柱等の人身御供《ひとみごくう》とは少し違うが、倭国独特の〝風習〟として紹介している。

高木も例に漏れず、姉・持斎の信奉者で種蒔きの時期、刈り取りの日を村人と共にお伺いを立てているのだ。

（その姉が、持斎様が命よりも大切にしている鏡を日美に貸し与えたと⁉　あれは持斎様が大国・漢の難民の中に居たお師匠様から道教の教えを受け、苦難の末、その修行を終えた時に免許皆伝の証として下された村でたった一つの大事な大事な鏡ではないか）

高木はジッと日美を見つめた。

（確かに持斎様は姪である日美を可愛がっている。それどころか、日美には自分の跡取りになってもらいたい、と密かに打ち明けてくれたことがある。しかし、それにしてでもだ…）

高木は持斎の気持ちを測りかねた。

その持斎様の大事な鏡を日美はあろうことか須佐撃退の武器として軽々しく使ってしまった、と言う。

高木は興奮すると、この男の常だが大きく鼻を膨らませ、荒々しく息をした。もちろん、この倭国の慣習として高木も顔や体に刺青をしている。その表情が、さらに迫力あるものに変わっていった。

「お前は持斎様の大切な鏡をそんな事に使ったのか⁉　何ということだ。持斎様には黙っておくから、その鏡を儂に寄こしなさい。儂がお詫びと共にお返ししておく」

高木の肩は、大きく波を打っている。その父を可笑しそうに見やりながら、日美は、

「アラッ！」

と、答えた。

「持斎叔母様には、話をしてあるわ。須佐にお仕置きをすること、鏡をこういう風に使うこと、を話したら叔母様も今のお父様の様に驚いていたわ。でも、何か少し考えていらして、そのお仕置きの一部始終をお父様にもお話しするのですよ、と貸してくれたの。だからお父様、お詫びは要らないし、わたくしからお返しししておきます」

「何⁉　持斎様がこの儂に一部始終を話しておくように、とおっしゃったのか？」

「そうよ。何でも、最近のお父様は少しお疲れだから、日美の戯れ事がせめてもの息抜きにもなるかも知れぬ、ともおっしゃっていたわね。それに、お仕置きとはいうものの、須佐は傷付いたわけではないし。そりゃ、一瞬、目がくらんで大騒ぎしていたけど、一生目が見えなくなるわけではないから、だから大丈夫よ、お父様！」

日美の話を聞きながら、高木は姉である持斎の言葉と、日美の話を頭の中で反芻した。

（戯れ事なのに、その一部始終を儂に話す様に姉は言った。お仕置きといっても須佐は傷付

いてはいない。鏡がお日様の光を反射して目が眩む。それも一瞬だ。あの鏡にはそんな威力があるのか…）

高木は、ハッとして視線を日美に向けた。

「日美、お前は何時、そのお仕置きを思い付いた？」

「何時って、持斎叔母様が村人達にお告げを伝える時よ。叔母様はお告げを伝える時は、いつも胸にあの大切にしている鏡をぶら下げ、お日様に対峙して立ち、南面して伝えているのよ。お父様をはじめ、村人達は叔母様に頭を下げ、額づいて聞いているから分からないでしょうが、わたくしは村人達のうしろ、叔母様の正面に立って聞いているから、鏡にお日様が当たって眩しい事がたまにあるのよ。まるで、お日様を直接見ている様で眩しくて眩しくて。それで、思い付いたの。これを一度、須佐にやってやれば驚くに違いない。懲りるに違いないって」

「姉は、いや叔母様、いやいや持斎様はお告げの時にお前が眩しく困っているのを知っていたのか？」

「一度、注意をされたことがあるわ。眩しいのは分かるが、身をかわすな、逃げずに目を閉じれば良い、一瞬だ、と」

「そうか、そうなのか。持斎様は何もかも分かっていて、お前に鏡を貸し与え、お仕置きの結果を儂《わし》に話す様におっしゃったのか！　なるほど、なるほどのう…。日美、良く分かった。

礼を言うぞ」

さっきまで興奮も露わに怒りさえも見せていた父が、一転、日美に頭を下げ、その場を立ち去ったので、今度は日美が驚いた。

「男はいつもそうなのよ。自分だけが分かっていればそれでいいんだから。あの人だって…」

日美は、そう呟いて後の言葉を飲み込んだ。


円形に並べられた石囲いは、何人も寄せ付けない重々しさがあった。その中に、ひときわ細長い、人の背丈の二倍ほどもある照り輝く美しい花崗岩があった。その石の先は、半円形に削り取られ、持斎の家の祭壇から見ると、太陽が一年の内で二度、天上にある時間と無い時間が等しい日には、筑後川の上流から昇るその日の朝日は、その半円形の中にスッポリと収まる様に造ってある。

持斎は、冬が終わり、その石の先の半円形に朝日が収まって、まるで人間が立っているかの様に見えると、堰を作り、籾を巻く準備をするように、長である高木に託宣するのだ。

また、暑い夏が去り、秋風が頬を撫で始める頃にも〝巨人〟が出現。これが、稲刈りの合図だ。

太陽と花崗岩が創り出す巨大な人影は、持斎にとってまさに神そのものだった。今で言う、春分の日、秋分の日だ。

その神々しい石柱に深々と頭を下げ、高木は石囲いの切れ目から持斎の家である祭壇所に入った。中は意外に広い。畳、二十畳ほどの広がりがあり、神々しい石柱が影を作る延長線上に入り口、さらにその逆の延長線上に囲炉裏と祭壇があった。

持斎は、高木を待っていたかの様に、祭壇を背にして静かに目を閉じ、土間の上のゴザに座っていた。

「おう、やはりここに居られたか。早速ですが、姉上は、いや持斎様には、あの大切になさっている鏡を日美にお貸し与えられたとか。しかも、何に使うかお分かりになられた上、儂にその一部始終を話しておく様に申されたとお聞きしました。真でありますか？」

持斎は目を開けず、そのままの姿勢で口だけを開いた。

「日美が申しましたか？　そうですか。してみると、首尾は上々であった様ですね」

「持斎様の目論見はおおよその見当が付きました。しかし、そんなことであの川添の衆が怯むでしょうか？」

「日美は、どう説明しましたか？　須佐が這う這うの体で逃げて行った、と申しませんでしたか？」

「確かに、転ぶ様に逃げて行った、と申しておりました」

「そうでしょう、そうでしょう…」

持斎は、頷きを繰り返しながら思いのたけを披露した。

「わたくしも日美の考えを聞いて驚きました。あの鏡は、長のお前も覚えているように、漢の国から逃れて来た阿玉《あぎょく》様が、骨を焼いて占う卜占しか知らなかったこのわたくしめに尊い道教を骨の髄までお教え下された上、そのいまわのきわに、『この鏡をわたくしだと思い、これからも精進なさい。自分の姿を写し、その自分の中にわたくしを見出しなさい。そして、困った時には鏡の中の自分に、わたくしに問い掛けなさい。お前は、この倭国でただ一人の道教の導師様であることを誇りに思い、民を幸せの世に導いて行くのですよ』と、授けてくれた鏡です。わたくしは阿玉様と常に一心同体という思いで、いつも鏡を首にぶら下げていますが、日美はもう一つ鏡の使い方をわたくしに教えてくれました。あの天に輝くお日様を、この地上にもう一つ創ってしまおうというのです。お前には前々から話していますが、日美はその辺を走り回っている娘ではありません。道教の申し子の様なおなごです。須佐退治に成功したことは、それこそ阿玉様のお導きです」

「それでは？」

「そうです。鏡を貸し与えるゆえ、日美の考えを今一度、血走った目で馬田に押し駆けている対岸の川添の衆に試してみなさい。これは、要領を得ている日美にやらせるのが良いでしょう。睨み合いの場におなごが現れれば、川添の衆も悉く日美を見ますからね。それこそ効果は抜群です、オホホホッ。しかも、誰も傷は付かぬ。殺生はここ筑後では御法度です。これは、長としてお前が出来る最後の手段ですよ」

そこまで一気に口にして、持斎はようやく静かに目を開けた。

そこかしこに土筆《つくし》が顔を出し、柔らかい春の日差しが眠気を誘っていた。野洲川を挟んでの睨み合いが十日も過ぎると、川添の衆にも疲れが見えだしていた。

この間、川添の衆も手をこまねいて持久戦を続けていたわけではない。川添村から西方百里（約八キロ）にある邑生《おう》村と手を握り、共に戦うことで同盟を結んだのだ。実は邑生村も川添同様、堰の問題では宝満川《ほうまんがわ》の上流の投馬《つま》村と長年、水争いが続いていた。邑生村は今の小郡《おごおり》市辺りだ。川下同士、事が起これば応援し合おう、場合によっては人も出そう、というのだ。この邑生村との同盟は川添の衆の大きな後ろ盾となっていた。

しかし、元々、戦いを好む衆ではなかっただけに、血走った目をしてはいたが、膠着状態に入ると、溜め息をつく者さえ出始めていた。その澱んだ空気を吹き払う様に、見張りに立った者が大きな声を上げげた。

「オイッ、誰かが幟《のぼり》を立てて向こう岸の土手に登ったぞ！」

その声に、川添の衆は顔を上げ、安満側の岸を見上げた。向こう岸と言っても、野洲川の川幅はこの辺りでは一里（魏の単里で約八十メートル）も無い。

「あれは、安満の生態という若い衆ではないか。また、話し合いの続きか!?　いや、一人ではないぞ。もう一人、居る。オイオイ、おなごだ。何のつもりだ！」

ざわめきは、次第に卑猥な言葉となり、対岸に現れた一女子に浴びせられた。しかし、光り輝く真っ白い絹を纏い、首に翡翠の勾玉を掛けたその娘は怯まなかった。突然、両手を開いて天に突き出し、川添の衆に大きな声を投げ掛けた。

「川添の衆よ、よく聞くが良い！　わたくしは、皆も知っておろう、安満村の持斎様の遣い、日美と申す。皆の思いは必ずお天道様に届く。いや、届いたからこそわたくしが遣わされたのだ。その内、良い事がきっと皆の上に起こる。持斎様はそう申していらっしゃる。今すぐ群れを解き、大事な鋤や鍬を持って村にお帰りなさい。もし、わたくしの言う事に従わなければ、今ここで皆の者に天罰が下るであろう!!」

川添の衆は呆気に取られた。突然、見ず知らずの小娘が現れたと思ったら、持斎様の遣いだから家に帰れ、と言いだした。しかも、言う事を聞かないと天罰が下るだと。バカもやすみやすみに言え。そんな、子供だましの脅しに耳を貸すものか。

口々に悪態をついて、日美を罵倒した。相手がまだ、十五、六の小娘の上、頭からの命令口調。おまけに、高価な絹の衣装と怪しく輝く翡翠、ということが川添の衆をますます激昂させた。帰るどころか、銅剣を振り回し、今にも野洲川を渡って、日美を襲わんかの大騒ぎになった。

その時だ。再び、日美の大音声《だいおんじょう》が響き渡った。

「愚か者！　天罰!!」

大きな日美の声と共に、お天道様が目の前に現れたかの様な激烈な光が川添の衆の顔に降り注いだ。

「ギャーッ‼」

それは、一瞬だった。群れを解くどころか、川添の衆は蜘蛛の子を散らしたかの様に、チリヂリ、バラバラに川岸から逃げ出した。何が起こったのか分からない。とにかく、お天道様が次から次へと襲ってきた。目が眩んで何も見えない。川添の衆には、生まれて初めて味わう恐怖だった。

三日後、安満村と川添村の和睦は、毎年、祭りを行う野洲川の河原で執り行われた。三日前、川添の衆を襲った恐怖は、この時点でも彼らから取り除かれてはいなかった。その恐怖を思い出すのか、時折、小刻みに体をブルブルと震わせる者も居た。

「信じられない…」

安満側の代表、高木は予想以上の効果に驚いていた。あれほど強固な態度を崩さなかった川添の衆が、下を向き、卑屈なほど腰をかがめて、生態の勝ち誇った言い様を黙って聞いている。

生態は生態で、川添の衆にお仕着せがましい話をしながら、内心では三日前、壊された馬田の堰で起こった出来事が信じられない思いだった。

いつもは、優しいあの日美が、眩しいほど真っ白な絹に身を包み、殺気立つ堰の上に立ったまでは

「ホーッ…」

と、感嘆の声を吐いたものだ。

だが、日美が聞いた事がない命令口調の大音声を張り上げ、挙句は持斎様が大切にしているあの鏡を頭上に振りかざし、魔法の様な光を川添の衆の顔へ浴びせかけたのには、不覚にも腰を抜かしてしまった。さらに、その光を浴びた川添の衆が悲鳴を上げ、我先に逃げ出したのには、腹の座った男と自負する生態自身も思わず幟を放りだして逃げ出してしまいそうになったものだ。

生態のそんな思いを代弁するかの様に、川添村の代表を務める灼《やく》が口を開いた。

「ところで、あのお方は何というお方でご座いましたか？　ほれ、お天道様を我々に浴びせ掛けてきた、何とも恐ろしい事が出来る、お天道様の生まれ変わりの様なお方ですよ」

「日美様と申す」

「日美様、でご座いますか…。まだ、お若いのに持斎様の何倍ものお力をお持ちと拝見いたしました。安満には、恐ろしい人様がいらっしゃる」

確かに灼の言う通りだった。あんな恐ろしい事をよく思い付いたものだ。聞くところによると、持斎様もあの鏡の使い方には驚かれた、と言う。

それればかりか、次は狼煙《のろし》の代わりにあの鏡を使ってみたら、と長の高木様に進言したとか。狼煙の代わり、とはこれはまたどういうことなのか。生熊の頭では全く想像もつかなかった。しかし、七日後には投馬村の代表が安満にやって来て、狼煙の打ち合わせをやる事になっている。

川添との和睦は、川添の衆が堰を元のままに戻すことで決着がついたが、生熊には次々に新機軸を打ち出す日美が突然、手の届かない処に行ってしまった様な淋しい気持ちになっていた。

（たった四つしか違わない、妹の様なあの日美が…）

投馬村は、安満村の西北にある特異な村だ。筑紫平野の村々や、玄界灘に面した筑前の村々同様、米を作ってはいるが、ここに住む人々の生活を支えているのは、物々交換で蓄えた富であり、物々交換を行う場所の提供、「市《いち》」そのものなのだ。

地形の特徴が、この村を「市」という特殊な立場に作り上げてしまった。村の南西側には背《せ》振《ぶり》山系が迫り、北側には後に大野城が築かれた四王寺の山々が大きく押し出している。この狭隘部の頂点に投馬村があり、北西に向かって御笠川が流れ出して玄界灘に注いでいるだけではなく、ほぼ南に向かって宝満川が流れ出し、筑後川に合流。有明海に流れ込んでいるのだ。

つまり、村の真ん中が分水嶺《ぶんすいれい》になっているという珍しい地形上に成り立った村なのだ。

この村が、「投馬」と呼ばれる様になったのは、実はこの地形、分水嶺と関係している。この時代、人々の移動の手段はもちろん徒歩だったが、川の水運を利用する時は、舟と馬を使った。川を下る時には馬は必要なかったが、上る時には川の両側に馬を仕立て、舟を曳かせて遡ったのだ。

現在、御笠川の河口辺りに、「馬出」と言う地域が残っている。「マイダシ」と読むが、福岡県庁や九州大学キャンパスがある処だ。馬出は海村《うみ》の一部だ。海村は、『魏志倭人伝』には、千余家がある「不弥国《ふみ》」として紹介されている。実はこの「馬出」と「投馬」は、一対となっている。

「馬出」で文字通り馬を出し、馬に曳かせた舟で御笠川を南東上。もちろん、宝満川も馬に舟を曳かせて北上し、投馬に至る。それぞれ、ほぼ一昼夜、二日間を掛ける。そして、この投馬に着いて、ようやく馬はお役御免。馬を放して、〝馬舟〟を〝投了〟するのだ。「投馬」という地名は、人々のそういう営みをありありと映し出していると思われる。

この投馬村は、現在の福岡県筑紫野《ちくしの》市二日市《ふつかいち》付近。後年、そのすぐ北の地点、御笠川のほとりに、近畿大和政権の遠朝廷《とおのみかど》・大宰府《だざいふ》が置かれた。「二日市」は、毎月二日に市が開かれたことが由来と言われているが、御笠川を遡っても、宝満川を遡っても、「二日かかる市場」という名残りとも見える。

令和の今、御笠川と並行する様に走っている県道一一二号線の途中、福岡空港のすぐ西に、

「半道橋《はんみちばし》」と言う地名が残っている。丁度、「馬出」から「投馬」への道半ばの地点に当たる。それを物語っているのではないか。

また、『魏志倭人伝』に言う、不弥国（海村）から「南のかた投馬国に至る。水行二十日」は、写本が「水行二日」を写し間違えたのではないか、とも思える。実際に御笠川を遡ると、『魏志倭人伝』が書き切れなかった部分が見える様な気がする。

玄界灘を越えてやって来た先進の大陸文化と、筑紫平野の米を中心とする食文化、農鉱産物がこの投馬村で出会い、それぞれの地域に運ばれる。玄界灘の村々から約二百五十里（約二十キロメートル。魏の一里は約八十メートル）も内陸にあるこの村に、五万余戸もの住居があるのは、ここが筑前と筑後の境界、文化の接点で、人々が市を中心に集まったからだ。要するに、ここ投馬村は古代の最重要地点、地域だったのだ。『魏志倭人伝』には、邪馬台国の七万余戸に次ぐ大きな国、「投馬国《つまこく》」として描かれている。

村の長は代々、美々《みみ》を名乗った。煌びやかに輝く村の長として相応しい名前を自負する思いが込められている。『魏志倭人伝』には、女王国に至る国々に官の卑狗《ひく》や彌彌《みみ》、副の卑奴母《ひぬも》離《り》、彌彌那利《みみなり》が居る、記されている。

長の美々を代表とする五十人を超える投馬村の使節団が安満村を訪れたのは、川添村との和睦がなった七日後だった。

使節団は投馬村から南に流れる宝満川を舟で下り、邑生《おう》村の大板井《おおいたい》で下船。目印の円錐形の小山、香具山（花立山）を左手に見て、ほぼ東に陸路を安満村にやって来た。大板井は今の小郡市の小郡官衙《かんが》遺跡がある辺りだ。令和の今現在、この使節団の通ったルートは、国道五〇〇号線が朝倉市に向かって走り、大分自動車道、甘木鉄道が並行するこの地域の幹線道。『魏志倭人伝』にある「（投馬国から）南のかた邪馬壱国に至る、女王の都するところ、水行十日、陸行一月」は、このルートを描写している可能性がある。もちろん、「十日、一月」は「一日」の誤写ではないかと思われる。

また、投馬村（現二日市）から山伝いに安満村（現朝倉市、前甘木市、元天城）に至る〝山の辺の道〟もあったが、大量輸送、軽快移動にはこの当時、船便が一番だったことは既に書いた。〝山の辺の道〟は後年整備され、県道一一二号線、国道三八六号線になり、ほぼ一直線で朝倉市に向かっている。

安満村と投馬村は古い時代から誼《よしみ》を通じてきた。安満村にとっては、投馬村からもたらされる銅、鉄、鏡等の先進文化の産物が、投馬村にとっては、安満村の米を中心とする農産物が魅力だったからだ。

美々は、先進文化に対して本能的に反応する能力では倭国一、を自負している。美々はまた、この倭国の風習である刺青を珍しくしていない。〝先進文化人〟を気取るつもりはないが、大陸風をこの男なりに装っているのだ。

また、美々はこの男の最大の長所、技能である「字」を書けた。文字通り、漢からもたらされた「漢字」だ。この当時、字を書けた倭人はほとんど居なかった。

安満の長、高木はそんな美々をあまり好きではなかったが、頭の柔らかさ、行動力は買っていて、これまでも何かと相談を持ち掛けている。それだけに、日美の〝狼煙改革案〟を聞くと、即座に遣いを美々の元へ送ったのだ。

美々は高木の狙い通り、その呼び掛けに敏感に乗って来たのだ。

「素晴らしい妙案ではないですか。一瞬の内に、行動しなくてはいけない時に、狼煙では時がかかって手遅れになってしまう事がままある。ところが、鏡を利用してお天道様を反射させれば、一瞬にして意志を伝達させることが出来る。こんな素晴らしい妙案を考え出したのは、どんなお方で御座いましょうや？」

挨拶もそこそこに、美々はこの画期的な案を考え出した人物に目通ししたい、と高木に迫った。しかし、美々は大きな誤解をしていた。こういう画期的な事を考えるのは古来、男子であり、大陸から入って来る文化も例外なく男子中心のものであった。

それだけに、高木が日美を紹介した時には、口が開いたまま、しばらく声が出なかった。日美は安満の特産である真っ白い絹の衣を纏い、美々さえ目を見張る赤子の手ほどもある大きく貴重な翡翠の勾玉を女性らしく首に掛けていた。

「高木の娘、日美で御座います。以後、宜しくお見知り置きをお願い致します」

恭しくお辞儀をする日美に、美々は戸惑った。

「これは、これは驚いた。娘御とな。投馬村の長を務めます美々と申します。お父上には、日頃から色々とお世話になっております。そうですか、貴女様が川添の衆を懲らしめたという噂の御仁でありましたか。そうですか、そうですか…。恥ずかしながら、我は貴方様が男子だとばかり思っておりました」

高木は、いつもと違う美々の狼狽ぶりを見て取り、こみ上げる笑いを押し殺し、

「いや、美々殿、このおてんばには我も手を焼いております。持斎様が甘やかすものですから、チョット頭に乗って、今度も貴殿のお手を煩わせる様な事になりまして恐縮しております」

と、何度も頭を下げた。

「とんでも御座いませぬぞ。日美殿の案は、ひょっとするとこの倭国を大きく変えるきっかけになるやも知れませぬ。ここ何年間の倭国の現状たるや、本当に嘆かわしいものです。血で血を洗う日常は正気ではありませぬ」

美々はここで大きく溜息をついて、首を横に振った。

「だからこそ、です。倭国を一つにまとめる何かが必要と我は思案しておりました。そのきっかけが欲しかった。そこへ、日美殿の噂が入って来ましてのう」

美々は視線を高木から日美に移し、日美に直接、語り掛けた。

「実は、日美殿が編み出したと言う日輪反射術というものを試してみました。驚きました。我も日々、大陸からの物珍しい物を、目の当たりにしておりますが、人を傷付けない日輪反射術ほど優れた戦術はありませなんだ。日美殿、早速ではありますが、貴女様のこの度の狼煙案をご披露して頂けませぬか？」

美々はもどかし気に日美を見つめた。

協議の場となったのは、安満村の東側に設けられた集会場。掘っ立て形式の建物だったが、大きさは百畳ほどもあり、百人を超える人員を収容出来る。

投馬村の使節団の構成は、美々以下の首脳陣が五人、荷駄を運んで来た者が二十五人、護衛の戦闘員が二十人、雑用係数人というものだったが、この集会場に入った者は、美々を含め五人だけ。安満村の参加者は十人だった。

それだけに、日美を加え、たった十六人ではいかにもこの集会場の広さが目立ち、この安満村の〝国力〟をいやが上にも証明していた。

日美はガランとした集会場の中央に全員を集め、地面に図を描いて説明を始めた。

「この安満村から見て真西、八十里（約六・四㌖＝魏の単里）の処に円錐形をした香具山がありあます。この山は、四百三十尺（約一三〇㍍）ほどの小山ですが、この筑紫平野北部のどの村からも見て取れる美しい三角形の雄姿をしています。投馬村の東部からも当然、見えますよね。ですから、わたくし達はこの山の上に狼煙台を設け、杉の若木を燃やして親しい村々に色々な合図を送っています。狼煙が上がる時は、杉の香りが辺り一面に広がり、それはそれは良い香りが漂います。ですので、いつの間にか地元の人々はここを花立山とか香具山と呼ぶ様になり、わたくし達もそう呼んでいますが、ここに今度は鏡台を設けたいと思います」

日美の説明は、詳細を極めた。

（いつの間にこれほどの案を思い付き、実行したいと思ったのか…）

高木にとっても初めて聞く、愛娘の信じられない構想だった。

（ひょっとすると、持斎様は聞いていたのかも…）

花立山は現在の地理で言うと、福岡県朝倉郡筑前町山隈《やまぐま》及び四三嶋《しそじま》と、小郡市干潟《ひかた》にまたがる小山だが、筑紫平野北部のほぼ真ん中に単独で聳える目印的な存在で、筑紫平野のランドマークとして愛されている。

南北朝時代に山隈城が築かれ、今は筑前町側では「城山」、「ジョンヤマ」と呼ばれているが、小郡市側では「花立山」、「ハナタテヤマ」。南麓には、横穴式石室古墳があり、「花立山穴観音古墳」として残り、「日子神社」も合わせてある

「鏡の反射を利用し、村々に素早く合図を送りたいのです。もちろん、お日様が出ていない日は今まで通り若木を燃やします。鏡と若木の二段構え。こうしておけば安心でしょう」

日美はここで一息ついて、

「ただ…」
と、視線を美々に向けた。
「ただ？」
美々は鸚鵡返しに聞き、地面に書かれた簡単な地図から視線を日美に戻した。
「問題は、その肝心の鏡です。狼煙の代わりですので、鏡は持斎様のお持ちになっている一枚しかない
実に貴重な物です。安満村には、香具山には出来れば大きな鏡が三つ、各村々に普
通の大きさの鏡を一枚づつ、さらに出来れば中継点を五カ所ほど設けたいので、ここで五つ。
最低、これだけの鏡が必要となってきます…」
日美の説明を黙って聞いていた高木は思わずため息をついた。高木だけではない。同席した
全員のため息で、集会場は絶望感が満ちた。そんな沢山の鏡など何処を探してもない。鏡はそ
れほど貴重なのだ。
美々は腕組みをしたまま、ジッと日美を見つめていた。刺青のない美々の頬が徐々に紅く染
まっていく。そして、その絶望感を打ち払うように、高木に声を掛けた。
「高木殿、鏡狼煙案とお聞きして、実は鏡を幾つか持って参った」
美々の声に、
「オオッ！」
と、一同の声が上がった。「さすが、美々殿」と言う、声も聞こえた。

美々は続けた。

「日美殿の案を伺って、少しでも試みてみれば分かり易いと思うての。しかし、今の日美殿の話を伺うと、己の小ささに愕然とするしかない。持参した鏡だけでは到底足りない。日美殿のお考えは、我々の及びも着かないものである様だ。高木殿、さて、どうしたものかのう…」

高木は美々の問い掛けに、顔の前で手を振り、

「いやいや、美々殿、日美の考えは無い物ねだりの類いでしょう。鏡そのものが貴重な物で、安満村でさえ一枚しかないのに、周辺の村に鏡があるはずがありませぬ。川添の衆が退散したのも、だからこそです。どうか、ご無理をなさらないで下さい」

美々は高木のその言葉を聞くと、逆に闘志が沸いたのか、顔を真っ赤にして一気に口角泡を飛ばした。

「いや、高木殿。ここで引き下がっては投馬村の長である我の名折れですぞ。ここ筑紫平野の村々では難しいかも知れませぬが、玄界灘、筑前の村々には鏡を何枚か蓄えている村があるはず。それに、何と言っても半島や大陸、ことに大国・魏に誼を通じ、何とか鏡を集めようではないか。日美殿の説明では、百枚ほどは集めないとのう。難しい話だが、こういう時こそ我の出番じゃ」

高床式の高木の住居で、高木と美々は寛いでいた。

「それにしても、驚きましたぞ。高木殿の娘御の日美殿には参りましたなあ。我もこの倭国では相当進んだ人間と自負しておりましたが、何の日美殿はそのまた先を行っておられる。我の場合は、大陸からの商人達と直接会って知識を吸収し、刺激を受けての、ま、言ってみれば大陸文化の受け売りだが、日美殿は一体全体、何時何処であかいう思考方法を学ばれたのかのう？」

美々の疑問は当然だった。生れ落ちての才能と言うのは勿論あるだろうが、誰かの示唆、教育がなければ、これだけの発想法は生まれないことを、美々はよく知っていた。

しかし、高木には分かっていた。日美の母親が亡くなった後、姉の持斎が母親代わりとなり、手塩に掛けて日美を育て上げてきた事を。持斎は、村の祈祷師として日美を一人前にしたかったのだ。祈祷師としての霊力は、小さい頃からの修行の積み重ねが重要とされていた。

さらに、持斎と他の村の祈祷師と決定的に違うところは、大陸からの難民の中に居た阿玉様の薫陶を受けているかどうか、だ。

持斎は阿玉から教わった道教を倭国の風土に合わせ、消化、吸収し、同時に日美に手取り足取り教え込んだ。日美が他の人と変わった考え方、発想をするのは持斎の教育の賜物。

高木は以前から、そう思っていた。今また、美々に問い掛けられてその思いを強くした。

「実は美々殿、日美は小さい頃から持斎様の教えを受けております。さらに言えば、その持斎様は大陸の教えを我が物にしておられる。稲の籾撒きから刈り取りまで的確に占い、だからこそ我々は築後一の米の収穫量を誇っているのです。日美は間違いなく持斎様流の物の見方をしております。それどころか、その持斎様でさえ、日美の発想には驚いております。先進の宝物である鏡を、それこそ道具として考え、使ってしまうのです。持斎様流、というより日美流と言っても良いのではないでしょうか」

高木の日美を見る目は、愛娘への溺愛ではなかった。冷静に日美という人間を分析していた。

美々は、高木のその話を聞くと相槌を打ちながら、とんでもない話をしだした。

「そこですよ、高木殿。実は我には一つ考えがありましてのう。この狼煙改革にある程度目途が立ったら、筑前、筑後の村々に声を掛け、この倭国をもう一度まとめ直そうと思い始めているのです。しかし、それには狼煙台の様な物が無いと皆の衆は付いて来ない。狼煙台の香具山があってこそ、村々が気付いて行動を起こしてくれるのです。そこで、相談なのです」

高木は訝る様に美々をまじまじと見返した。

「相談？」

「そう、相談です。難しい話ではあると思いますがのう、娘御の日美様を我にお貸し願えないだろうか？」

「エッ、日美を⁉　ですか？」

「さよう、日美様をお貸し願いたい。今日、日美様にお会いし、日輪反射術と鏡狼煙案をお聞きしながら、日頃、我が考えている倭国再生への道筋がハッキリと見えました。日美様を盟主とし、この国をまとめ、この国から戦いを無くすのです。日美様は祈祷師というよりも、我が倭国の狼煙台、と言っては申し訳ないが、象徴としてこの倭国を率いて行く不思議な魅力をお持ちだ。これまでの発想、行動をお伺いするとそう思える。どうですか、妙案だと思いませぬか？」

「そんな大役、日美に務まりますでしょうか？」

突然の奇想天外な美々の提案に高木は、うろたえた。話が思わぬ方向に動き始めた。

（美々は試しに鏡を幾つか持って来た、と言っているが、最初から日美を盟主として担ぎ出すつもりでやって来たのではないか。鏡は盟主としてもらい受ける〝結納〟の意味合いも含んでいるのではないか。情報収集は美々にとっては、お手のものだろう。何もかも承知で、この話し合いに臨んだのではないか。だから、儂はこの男が気に食わないのだ。それに、何と言っても、日美は儂の可愛い一人娘だ…）

高木の戸惑いをどう取ったか、美々は話を一気に進めた。

「筑前、筑後で三十カ村に声を掛けねばなりますまい。もちろん、日美様の名前を前面に出し、日美様の名前で村々を集めます。玄界灘に面した筑前の村々には、既に多少なりとも声掛けをしておる。築後は高木殿にお任せする。この機を逃しては、この倭国をこの惨状から救う手立てはありますまい。それどころか、国を一つにまとめない事には、大国・魏が遅かれ早かれ大軍を派遣して、朝鮮半島同様、この倭国を一呑みにしましょう」

この美々の話は、高木にも少しは理解出来た。あの阿玉様が、大陸から押し出される様に、半島はおろか、この倭国、それも内陸の築後まで流れ着いた事が、美々の話を証明している。

この話には、倭国の将来がかかっているのだ。

しかし、娘、日美の将来もかかっているのも事実だ。親の一存で、こんな大それたことを決めるわけには、高木には出来なかった。

「美々殿、ご理解頂きたい。我の一存で、この大きな問題を決めるわけにはいかない。日美の気持ち、意志を確かめるしばらくの時を頂きたい。宜しいでしょうか?」

「もちろん、そうでありましょう。日美様本人にも、また持斎様にもご相談下さい。この件には倭国一国の将来がかかる、とてつもない大事でありますからのう」

話を一気に進めた達成感もあって、美々は上機嫌で安満村の特産品、米で作った濁り酒を飲み干した。

「イヤー、しかし、この米の酒は実に旨い。特に安満村の酒は、倭国一との評判ですからのう」

「これは嬉しい事をお聞きしました。有難いお話ではあります」

高木も盃になみなみと注がれた酒を一口で空けた。日美の事はともかく、特産品の米酒を褒めてもらうのは、村の長としてはこれほど嬉しい事はない。特に各地の村々から持ち込まれる特産品には〝市の長〟として、目、舌ともに肥えている美々に言われると、外交辞令としても嬉しいものだ。そんな、浮かれた気分の高木に美々は抜け目なく、話を継いだ。

「時に高木殿、鏡を多少持って来た話はしましたが、実はもう一つ、というよりこちらが主要な荷駄でありますが、高木殿に是非とも引き取ってもらいたい品物を大量に運んで参りました」

美々はもったいぶった言い様で、脇に置いていた木箱を高木の前に差し出した。そして、おもむろに包装を解き、中から一振りの剣を取り出した。銅剣よりもキラリと怪しい光を放っている。高木は初めて見る剣だった。

「これは?」

「そう、これが今、評判の鉄で出来た剣でありますぞ。鉄は銅よりも強く、鋤、鍬にも最適でしてのう。そして、もちろん、剣、矛としても一級の切れ味を誇ります」

「これが、噂の鉄剣ですか…」

「他村への侵略は論外ですがの、これを備えにすれば、安満村は安泰です。他の村から侵略される恐れはまずなくなるでしょう。大変な抑止力になり申す。我が投馬村は、他村から多くの人々が集まって参ります。おこぼれを狙って、盗人の類いも集まり寄ります。ですから、我は兵にこの鉄剣、鉄矛を持たせ、村の、市の治安を計っておりますのじゃ。人間の首など、一払いで切り落とせますからのう。効果は抜群でござる」

「では、その剣を買えと申されるのか？」

「ハハハッ、倭国の盟主になられる日美様がお住みになる安満村に、強力な鉄剣、鉄矛を持つ兵がいないのは、どうかとは思いますぞ。つい最近、大陸から入ったばかりの真新しい鉄剣、鉄矛でございます。合わせて三百五十八振り。安満村も一気に近代武装した強国、というわけです」

「対価は、米と絹。その交換で宜しいのでしょうか？」

「それに、コレコレ…」

美々は酒の入った盃を頭の上まで揚げ、笑った。村の長ではあるが、美々は何の抜け目のない商人なのだ。市では、その何倍かの値を付け、右から左へ流して行くのだろう。

高木は気落とされない様に、美々の目を覗き込んで言い返した。

「美々殿、承知いたしました。しかし、美々殿、我の言う次の約束も履行してもらいたい。つまり、この次に大陸から新たに鉄剣、鉄矛、鋤、鍬が入ったなら、それを他の村に回さず全て安満村に運んでもらいたい。何千振り、何万振りでも構わない。もし、日美が盟主に成れば、美々殿がおっしゃった様に、名実ともに安満村が倭国随一の村でなくてはなりませぬからな。そうでしょう、美々殿？」

最初から最後まで美々主導で弾んで来た会話だったが、高木のこの一言で主客は逆転した。

「ウーン…」

美々は腕組みをして、下を向いてしまった。

日美は驚かなかった。高木の話を聞き終わると、突然、両手をついて深々と頭を下げた。

「お父様、日美はこういう日が来るのを実は待っていました。持斎叔母様から大国・漢、魏の話を聞き、いつかかの国に行ってみたいと思う様になりました。盟主に、という話はわたくしには勿体ないですが、例え成れなくても魏の都・洛陽に行ってみたいと思います。どうか、持斎叔母様に良しなに取り次ぎをお願いします。持斎叔母様のお許しが出れば、日美は美々様に全てをお預けしたいと思います」

逆に高木は驚いた。日美はこの日の来るのを予感していた、というより待っていたと言う。漢や魏の都・洛陽の事は、かつて持斎様共々、阿玉様から直接、伺ったことがあるが、行きたいとは思ったことはない。その洛陽に日美は行きたい、と言う。持斎様からその話を聞き、夢を膨らませていたのだろう。美々殿が、称賛していた様に、日美は父親の、いや誰よりも先の先を睨んでいる。愛娘ながら誇らしい。

「そうか、日美は既にその覚悟が出来ていたのか…。さすが、持斎様の愛弟子だ。夢を大きく持つということは、こういう事だな。承知した。持斎様には、まず儂の方から話をしておく。しばし、待つがよい」

「宜しくお願い致します」

日美は、そこまで言い切るとドッと疲れを感じた。大国・漢や魏の都、洛陽に行くことは小さい頃からの夢だった。持斎様を通じて、阿玉様の話は聞いていた。天を衝く楼閣が、街の真ん中に聳え、その中には皇帝が何千人もの兵に守られ住んでいる。街はその楼閣を中心に、商人達が行き交い殷賑《いんしん》を極め、街全体はこれまた聳えるような塀でグルリと囲われ、外患からの侵入を防いでいると言う。想像を絶する夢の光景に、日美は目眩すら覚えたものだ。

(行ってみたい、見てみたい…)

高ぶる気持ちを抑えるのに何度苦労をしたことだろう。その気持ちがあるだけに、持斎の修行にも就いて行け、というより貪る様に吸収することが出来た。持斎の教えは、日美にとっては即ち、憧れの大陸文化そのものだった。

胸に秘めていた思いを、村の長である高木にやっと伝える事が出来た。しかも、高木はあっさりとその思いを受け止めてくれた。日美にとっては、これは意外だった。てっきり、猛反対されるものと覚悟をしていた。

そもそも、隣村の境界近くまで行くのも、いつも生態が高木の命令で付いて来ていた。しかも、銅剣、銅矛で武装してだ。勇猛で頭の回転が速い生態は、高木のお気に入りだった。生態が、日美の日々の行動に武装して付き従う様になったのは、つい最近のことだ。そのきっかけとなった出来事を、日美は昨日の事の様に覚えている。

日美がまだ六歳の頃だった。夏の雲一つないある日、野洲川の川上に鮎獲りに出掛けた。一番年長の生態の他、同じ年回りの男子二人、日美と同い年の幼い男子二人の計六人。女子は日美ただ一人だった。男勝りの日美は、いつも男子に混じって遊んでいたのだ。

手ごろな浅瀬を見つけ、中洲に渡った六人は思い思いに鮎を釣り、竹で編んだ玉網《たも》ですくい、その釣果はこれも竹で編んだ魚籠《びく》を満たした。

「すごいなあ。こんなに鮎が獲れるのは何年かに一度あるかないか。今日は、川にいる鮎を残らず釣り上げるぞ、なあ生態！」

一人が上げた声に、生態も、もちろん日美も声を上げて笑った。

その時、周りの山に雷の音が小さく木魂《こだま》した。生態はその木魂に、敏感に反応した
「雷様だ…」

川の鮎を残らず釣り上げる、と豪語した少年は生態のその反応をからかった。

「生態は意気地なしだなあ。あれは、まだまだ川上の秋月で鳴った雷様だ。しかも、木魂だよ。この辺は大丈夫。見ろよ、この青空。さあ、ドンドン釣ろうぜ！　こんな好機はまたと無いよ」

しかし、生態は慎重さを押し出した。

「いや、川上の秋月だから余計危ない。こんなに釣ったのだからもう充分だろう。引き揚げよう」

そう言うと、幼い日美と同い年の男の子二人を促し、帰り支度を始めた。しかし、中洲に

渡った折には、生態のくるぶしほどにしかなかった手ごろな浅瀬は急に水かさを増し、生態の膝の上にまでできていた。流れも速くなった様に生態には思えた。小さい日美達には無理、と判断した生態は日美に声を掛けた。

「日美は我におぶされ。後の二人は、我の手を離すな！　オイッ、お前達も急げ。我の思い過ごしなら良いけど、大水が出そうな気がする！」

生態は残った二人にも大声を掛け、浅瀬に入った。日美は生態の言う通りに生態におぶさり、二人の男の子は生態の手にしがみついて浅瀬を渡った。

その直後、水嵩を増した流れは瞬く間に浅瀬に溢れ、中洲を飲み込んだ。中洲に残った二人はアッと言う間に流れに飲み込まれ、下流に流されたが、何とか大岩に掴まり助かった。

この川上の秋月で発生した雷雲が大雨の前兆で、この後二日間、集中豪雨となって下流域の安満村をはじめ筑紫平野を飲み込んでいった。この地域では、令和の今でも梅雨明け間近になると一度はこんな大洪水が起こる。特に線状降水帯と言われる帯状の連なる雷雲が発生。長時間に及ぶ豪雨となって大災害を引き起こす。生態の機転は、六人全員の命を救ったのだ。

日美は家に帰ると、この日の恐怖の出来事を、ワナワナと体を震わせて高木に話した。高木は黙って日美の話を聞いていた。そして五年後、男子が一人前と認められ、刺青を入れる儀式、〝成人式〟を迎えると、日美の専属の近衛兵として生態を指名した。

それからさらに五年、事あるごとに生態は日美に同伴した。日美も逞しい青年となった生態を信頼しきって、まるで実兄の様に慕ったが、実のところ最近では生態をそれ以上に好ましい存在として意識するようになっていた。大陸へ渡る夢を高木に打ち明けたが、しかし、生態への思いは口には出さなかった。

　というより、まだ見ぬ大陸への思いの方が遥かに強く、他の全ての事は二の次、三の次に押しやっていたのだ。日美の〝恋〟は、次元を超えていた。

　高木の話をまんじりともせず聞いていた持斎は、一言こう言って口を閉ざした。

「ついにその日が来ましたか…」

　持斎には分かっていた。いつか、こういう日が来ることを…。

　日美を後継者として一から教え込もうと、祈祷のアレコレ、暦のアレコレ、天文のアレコレ、を伝えてきた。阿玉様の話をすると、日美の目はそれまでとは違い、爛々と輝きを増した。日美はこの持斎よりも阿玉様を意識し、阿玉様ならどうするか、を絶えず考えて行動していた様に思えるのだ。

　鏡を使った日輪反射術、言うならばそれこそ〝光通信〟は、煙通信よりも速く、伝達にももちろん、争いの緩和にも活用出来る。平和的な万能器物として、まだまだ使い道はありそうだ。

　日美にはもう教えるものはほとんど無い。これからは、数々の経験を積むことだ。しかも、その一つ一つが、倭国の外へ向かって広がっていく。倭国の中だけで考えるのではなく、広く世界へ目を向けていくことだ。日美ならそれが出来る。日美には倭国以外の世界を見せてやりたい。安満の単なる祈祷師、神仙ではなく、倭国民を救済、先導する指導者。大国・漢、魏、さらには世界を見据える先駆者になって欲しい…。持斎は、自分自身も育ててきた内なる大きな夢を、血縁、姪の若い日美に託そうとしていたのだ。

さらに持斎は思う。投馬村の美々殿はさすがの目をしておられる。大陸に目を向けている者にしか出来ない発想だ。日美を盟主としてこの倭国をまとめ上げ、大きな力となって大国・魏に向き合う。あの方には、灘示《なしめ》という立派な嫡男がおられるというのに、そんな利己意識をおくびにも出さず、日美を盟主に、と望まれたとか。大したものだ。本当に上手くいくかもしれない。日美を美々殿に預けても構わないだろう。

「長殿、高木殿。美々殿は大したお方だ。この安満村のため、いや倭国のため、日美を美々殿にお任せしましょう。あの方なら、やってくれそうです」

あれから十年、西暦二一〇年。倭国は日美を中心にまとまった。時間はかかったが、玄界灘に面した筑前の村々、筑後川流域の築後の村々三十カ村は、野洲川の河原に代表を派遣。日美を盟主にすることで全村一致した。

しかも、投馬村の長・美々の提案で、「王」として日美を推戴することに決したのだ。鏡を使った日輪反射術の考案者、ということが決定打となったが、日美の出身居住地・安満村が美々の後押しで一気に鉄剣、鉄矛を揃えた最強軍事村に様変わりしたことも大きくものを言った。倭国三十カ村連合国王・日美の誕生だ。日美は二十六歳になっていた。

「せっかくですので、ここでもう一つ提案がありますのじゃ」

この〝野洲の河原会合〟を、実質的に導いてきた美々が、最後にもう一つのアイディアを披露した。

「安満村は、大陸や朝鮮半島から見ると随分と内陸に御座います。そこでじゃ。国王・日美様がお住まいになるお屋敷、宮殿は、筑前、筑後の中間に当たる投馬村辺りにこしらえたら如何と思いますのじゃ。御笠川のほとり、岩屋山の南面に良き丘が御座ってのう。投馬村とは御笠川を挟んでおりますので、村の賑わいも程良く感じられるし、警護も万全。安満村がその任に非ず、という意味ではなく、国王・日美様が大陸、朝鮮半島の使節をお迎えするのにも、丁度良い立地ではないかと思いますのじゃ。そこに国王の宮殿を皆でお造りする。如何かな？」

この美々の提案に、一座はどよめいたが、当の安満村の長・高木が立ち上がって意見を述べた。

「安満村は、ここにお集りの皆々様もご存知の通り、筑後川の恩恵を受け、倭国一の米どころとなっております。戸数も七万戸もあり、国王の都する処として申し分ないと誇りに思っております。ただ、これも皆々様ご存知の様に、年に一度の大洪水が起こり、その悲惨さは目を覆うばかりです。目を広く世界へ向ければ、いつ何時も安定した場所を国王の都《と》する処とするのが、この際、最善策かと思います。したがって、美々殿のご提案に我は賛同致したいと思います」

これに素早く反応したのは、美々だった。

「高木殿、良くぞ申してくれた。礼を言いますぞ。大事な大事な娘御を取り上げた上、そのお住まいまで召し上げるのは如何、とは我も悩みましたが、目を世界に向けるという高木殿の言葉に胸が熱くなりました。皆々様は如何で御座いましょうや？」

美々の問い掛けに、

「高木殿がそこまでお覚悟を成されているなら」

と、衆議は決した。

美々の提案した倭国三十カ村連合国の国王・日美が都《と》する処は、後年、近畿大和政権の遠《とお》の朝廷《みかど》が置かれ、令和の今現在も「大宰府政庁跡」（都府楼《とふろう》跡）として残る旧跡地。御笠川を下って玄界灘に出るのも、宝満川を下って有明海に出るのも便利な場所だ。そして、何と言っても倭国一の市場が立ち、物産、文化が交差する煌びやかな最重要拠点だ。

倭国王・日美の宮殿は、美々の配慮が行き届き、楼観があり、城柵が幾重にも施され、三十カ村から召集した選りすぐりの武装した〝多国籍軍兵〟が厳重に警護した。また、日美には千人もの女性が仕え、弟・須佐が日美の政務を補佐し、生態は日美の護衛を兼ねて、日美の言葉を須佐に伝える宮室出入り自由のただ一人の男となった。

これらの事は、『魏志倭人伝』に詳細に記されている。曰く、
「其の国、本《もと》亦《ま》た男子を以て王と為し住《とど》まること七八十年。倭国乱れ相攻伐すること歴年。乃《すなわ》ち共に一女子を立てて王と為す。名づけて卑弥呼《ひみこ》と曰う。鬼道《きどう》に事《つか》え能《よ》く衆を惑わす。年已《としすで》に長大なるも夫壻《ふせい》なし。男弟ありて佐けて国を治む。（省略）婢千人を以て自ら侍せしめ、唯だ男子一人ありて飲食に給し辞を伝えて出入す」（『邪馬台国』朝日文庫）

西暦二三八年（中国暦・景初二年）六月、倭国王・日美（『魏志倭人伝』では、卑弥呼）は後漢の後に立った魏に倭国三十カ村連合の使節を初めて派遣した。魏が、朝鮮半島に勢力を拡大した公孫氏《こうそんし》を滅亡させ、遼東《りょうとう》、帯方郡《たいほうぐん》を支配下に治めたそのタイミングを好機と捉えたのだ。日美の世界観の鋭さが窺い知れる。「年已に長大」の五十四歳になっていた。

日美の初派遣団は、美々の嫡男・灘示を団長に、生熊の弟・牛利《ごり》を副団長とするもので、倭国特産の絹織物、真珠、翡翠、生口《せいこう》（奴婢）等の献上物を携えて行ったと思われるが、海路で多くの物を失い、魏の都・洛陽に着いた時は、生口十人（男四人、女六人）、絹織物わずか、となっていた。

これに対し、魏の国王・明帝《めいてい》はその年の十二月、日美を「親魏倭王《しんぎわおう》」とし、金印紫綬を下賜。灘示（『魏志倭人伝』では難升米）、牛利にもそれぞれ、「率善中郎将《そつぜんちゅうろうしょう》」、「率善校尉《こうい》」とし、銀印青綬を下賜した。

驚かされるのは、付帯させた下賜品の豪華さだ。多量の絹織物の他、金、刀剣、鉛丹、そし

て日美が最も欲する日輪反射術に使う銅鏡が百枚も含まれていた事だ。

下賜した明帝は、翌西暦二三九年（景初三年）、年明け早々に急逝し、八歳の斉王《せいおう》・曹芳《そうほう》が帝位を継いだが、下賜は粛々と行われた。元号も「景初」から「正始《せいし》」に改められた翌年の正始元年（二四〇年）、建中校尉・梯儁《ていしゅん》を特使として倭国にわざわざ派遣。日美に直接会って、間違いなく日美に手渡した、と『魏志倭人伝』は書く。

「親魏倭王」に叙せられ、持斎が願った様に、〝世界〟に名を轟かせる女王になった日美は、しかし、王になったことで、幼い頃からの夢であった漢、魏の都・洛陽には自ら軽々しく行けなくなった。その無念の思いをぶつけるかの様に、その後、矢継ぎ早に三度も使節団を大陸に派遣した。『魏志倭人伝』によると、正始四年（二四三年）、六年（二四五年）、八年（二四七年）だ。

特に、八年の特使、載斯《さいし》・烏越《うえつ》には、女王国の南にある狗奴国《くどこく》との交戦状態を訴えさせ、援軍を要請している。載斯というのは、祭祀の事ではないかと思われるが、祈祷師、神主を派遣してまでのいわゆる〝神頼み〟の使節とは、如何に緊迫した状態であるかが分かろうというもの。

これに対して魏は、塞曹掾史《さいそうえんし》・張政《ちょうせい》を特使として派遣。皇帝の公文書である詔書、及び皇帝の旗印である黄幢《こうどう》を与え、日美の軍が魏の傘下にある正統な〝魏軍〟であることを倭国内外に示し、狗奴国への圧力とした。さらに、張政は特別に檄を作り、日美を励ました…と、『魏志倭人伝』は伝える。当時の事だから正式な条約はないが、日美を王とする倭国三十カ村連合国は、魏の安全保障下にあったという事だ。

　倭国三十カ村連合国は、分かり易く、倭国北部九州連合国、または倭国邪馬台国連合国、と呼んでも良いかも知れない。

　しかし、日美も手をこまねいていたわけではない。武器の自力調達を計るべく、鉄資源の確保に全力を挙げている。張政を迎えた後のある日、政務を補佐する須佐を宮室に呼んだ。

「須佐よ、張政殿の話を聞くと大国・魏は、黄幢を使うことを許してくれたが、援軍は期待できない。そこでじゃ。狗奴国に打ち勝つには、大量の武器が必要だ。そのため、何としてでもその原材料の鉄を確保しなくてはならぬ。朝鮮半島の濊《わい》からだけでは足らぬ。いつか話していた出雲の鉄、というのは如何か？」

　政務を補佐するどころか、最近は狗奴国との会戦にも剣を取って出陣している須佐は、緊迫した面持ちで答えた。

「どうやら、出雲には大量の砂鉄があるのは本当の様です。重要な任務ですので、我が直々に出雲に行き、それを運び出しましょう。地元勢力の抵抗は予想されますが、出雲ではまだ武器に銅剣、銅矛を使っている由。征服にはそう時はかかりますまい。父上の高木様が、安満村を倭国一の軍事大国に育て上げてくれたことに感謝、感謝です。それに、狗奴国と交戦状態になってみると、都を安満村ではなく、ここ投馬村近くに持って来たのはご正解でした。狗奴国に近い安満村は戦場になってしまう可能性もありますからな」

「そうか、須佐が行ってくれるか。未知なる世界だが、それなら安心です。宜しく頼みます ぞ」

「ただ、姉上。いや、女王様。もし、出雲の征服に成功したなら、出雲の国を我に頂けませぬか？　この倭国三十カ村連合国は女王様の国と魏が認めてくれました。同様に、我も出雲を須佐の国にしたい。女王様の国に鉄を安定供給する姉弟の国。如何ですか？」

そして、この場に同座を許されている生態に向かい、

「我の後は、生態に任せたい。のう、生態？」

と、話を振った。

突然、重要な話を振られた生態は、

「日美様、女王様の仰せの通りと致したいと思います」

と、ただひたすら土下座をするしかなかった。

日美は、須佐と生態を交互に見やりながら、ゆっくりと言葉を発した。

「宜しい。弟の須佐が鉄資源の重要な国の国王になってくれれば、これ以上、安心な事はない。そこまで思案してくれ、姉として、王として本当に嬉しい。新たに国を創るという事は、大変な事業。やってくれるか？」

須佐は、即座にその場で土下座した。

「早速のお許し、有難い。では、早々に出雲出陣の用意を致します。生態、後は頼むぞ。御免！」

須佐は出雲遠征軍、完全武装した二千人の兵を緊急編成。狗奴国軍が長雨に躊躇する梅雨時に合わせ出征した。須佐軍は稲佐の浜に無血上陸すると、すぐそばを流れる簸の川沿いに遡り、次々に現れる出雲の原住民族軍を討ち果たして行った。鉄対銅の戦いでは、勝敗は目に見えている。

簸の川は、現在の斐伊川。須佐軍が遡った時代は、今の様に、宍道湖に流れ込むのではなく、稲佐の浜の南にある神西湖《じんざいこ》に神戸川《かんどがわ》と共に流れ込み、日本海に注いでいた。神西湖は当時、神門水海《かむどのみずうみ》と呼ばれる内海で、出雲の海の玄関口として栄えていた。神戸川も『出雲風土記』に神門川《かむどのかわ》として著わされている由緒ある河川だ。

斐伊川の流路を宍道湖に変えたのは、相次ぐ洪水被害を防ぐためで、江戸時代の寛永年間。西暦一六三六、七年頃だ。このため、神戸川は単独で現在の様に稲佐の浜のすぐ南に河口を造り、日本海に注ぐようになった。ただ、この神戸川は平成二十五年（二〇一三年）、馬木北町辺りで斐伊川放水路で繋がり、一級河川・斐伊川水系とされた。古代の簸の川が甦ったと言って良い。

令和の今現在、斐伊川と神戸川を繋ぐ斐伊川放水路の分岐点の丘陵は、この地域にしかない珍しい四隅突出型墳丘墓六基を含む二十七基の古墳がある西谷墳墓群史跡公園となっている。

このことからも、この辺り一帯が古代からの重要拠点であったことが窺い知れる。

須佐は出雲の〝酋長〟脚摩乳《あしなづち》を降伏させると、その娘・奇稲田姫を手に入れ、出雲族の〝神宝〟である鉄剣をも手に入れた。

「やはり、鉄剣はあった！　しかも、神宝として崇められている。これが、砂鉄が採れる証拠だ。この鉄剣を、出雲征服と砂鉄の産地としての証明として、姉上の元に送ろう」

須佐は、この鉄剣に「天《あま》の叢雲《むらくもの》剣《つるぎ》」と名付け、日美の元へ送った。後に、日本武尊《やまとたけるのみこと》が叔母の倭姫命《やまとひめのみこと》から賜った「草薙剣《くさなぎのつるぎ》」だ。日美が肌身離さず付けていた「翡翠の勾玉」、倭国統一の象徴となった「持斎の鏡」、そしてこの「草薙剣」。これで天皇家が代々受け継ぐことになる天皇家の象徴・三種の神器が揃った。

『日本書紀』には、退治した八岐大蛇の周りには常に雲が沸いていたから「天の叢雲剣」と名付けた、と書かれている。須佐軍にとって、八岐大蛇と表現される出雲の原住民族軍は、雲間から次から次へと湧き出て来る様に見えたのだろう。雲の沸き立つ出雲らしいリアルな描写だ。

須佐は、奇稲田姫との新居を須賀に建てた宮とし、「私の心は清々しい」と感嘆。有名な和歌、「八雲立つ出雲八重垣妻籠に　八重垣つくるその八重垣を」と詠った、と『日本書紀』は伝えている。須賀に建てた新宮は、現在の須佐神社。

そして、「子の大己貴神《おおなむちのかみ》が生まれた」と、続く。大己貴神は大国主命大神のことだ。一書には五代の孫、六代の孫という一書もある。しかし、大己貴神が大国主命大神であることは一致している。

須佐は、姉の倭国三十カ村連合国の女王・日美との約束した通り、出雲の〝初代大王〟となったが、生まれ故郷の安満村（山門台国＝邪馬台国）に帰ることなく、そのままこの出雲で亡くなった。『日本書紀』には、この後、大己貴神の活躍が記されている。武甕槌神《たけみかつちのかみ》による国譲りの話は、須佐の出雲平定との合作かも知れない。

ところで、『日本書紀』、『古事記』のいわゆる「記紀」が共に伝えている素戔嗚尊の出雲への〝追放劇〟は、女王・日美の突然の「死」に関係している、と筆者は見ている。

『魏志倭人伝』は、張政の派遣の後、突然の日美の死去を伝えているが、死因は書かれていない。須佐が送った鉄剣・天の叢雲剣と砂鉄資源の確保に安堵し、それまでの狗奴国との緊張感の緩みが死を招いた一因になった可能性がある。

『魏志倭人伝』には「年已長大」、とある事は既に書いた。年齢は当時としては驚くほどの高齢で、狗奴国との戦闘状態を報告、援軍を求めたこの正始八年（二四七年）に亡くなったとしたら、この物語では六十三歳。還暦を過ぎた天寿だった。「記紀」の、天の岩屋に隠れた、というくだりが日美の突然の死に当たる。

さらに、『魏志倭人伝』は、日美の葬送の下りを克明に記し、

「男王を立つるに国中服せず更《こも》ごも相誅殺し…」

と、その混乱ぶりを実写している。

姉・日美の死後、時を置かず、須佐が〝後継〟として推挙され、「男王」となったが、〝反須佐派〟が猛反対。特に投馬村の美々の後継ぎ・灘示が魏からもらった率善中郎将の官位を盾に、剣を取って立ち上がった。こうなると、須佐もそう易々と出雲から帰れない。

ここで、調停案を示したのが、倭国に滞在中の張政だった。

「女王である卑弥呼（＝日美）の後を継ぐのは女子であるべし」

と、告諭した。魏の特使の命令には逆らえない。須佐は不承知だったが、魏の官位を持つ灘示は素直に従った。

「卑弥呼の宗女壱与《いちよ》、年十三を立てて王と為し、国中遂に定まる。張政、檄を以て壱与に告諭し…」

『魏志倭人伝』が伝える二代目卑弥呼、壱与の登場だ。壱与は台与《とよ》とも表記される。「記紀」が、面白おかしく描く、天の岩屋からの生還がそれに当たる。

壱与は張政を送るついでに一回目の朝貢団を魏に派遣した、と『魏志倭人伝』はさらに伝え、これ以後の倭国に関する記述は無い。したがって、「倭王・壱与」が〝親魏倭王〟として魏から承認されたかどうかは、不明だ。朝貢団を送ったからといって、〝倭王〟として魏から、〝世界〟から認められるとは限らない。

一方、須佐は壱与王の誕生によって辛い立場に追いやられた。いくら姉・日美の宗女、須佐自身にとっても親族とはいえ、一度は後継として「男王」に就いただけに、〝親須佐派〟と語らい、出雲の地から〝壱与政権〟に圧力を掛けた。

この動きに〝壱与政権〟は、これを好機と見て須佐の追い落としを画策。魏の特使・張政の調停案に逆らったとして、魏への反抗罪を適用し、厳罰を下した。北部九州・倭国三十カ村連合国からの処払いとし、そのまま出雲への〝島流し〟としたのだ。これが、須佐・素戔嗚尊の〝追放劇〟の真相だった、と思われる。

以後、若年の壱与を補佐し、実質的に〝女王国〟・倭国三十カ村連合国を動かしたのが、〝二代目高木〟の灘示だった。『日本書紀』には、〝二代目高木〟があたかも倭国王の様に振舞っている現状が赤裸々に描かれている。須佐の出雲追放を主導したのも灘示だった。

また、狗奴国とのその後がどうなったのかも『魏志倭人伝』は伝えていないが、出雲の鉄資源を手に入れた倭国三十カ村連合国の力が勝り、狗奴国の領土侵犯は影を潜めたので、〝一件落着〟、とばかりに女王国の長文の記述を終えた、と見るのが順当かも知れない。

ただ、一連の狗奴国戦争と新女王誕生の中で一つの大きな動きがあった。須佐の出雲追放劇後、与えられた土地を逃れ、〝独立〟を夢見た一団が東に大移動を試みたのだ。

それが、日向灘に面した西都原《さいとばる》の「官」、神武《じんむ》（狭野尊《さののみこと》）とその兄・五瀬命《いつせのみこと》が率いる一団だ。神武はその時、まだ兄の「官・卑狗《ひく》」の五瀬命を補佐する「副官・彌彌那利《みみなり》」だった。

『魏志倭人伝』は、女王国に至る国々に官の卑狗や彌彌、副の卑奴母離《ひぬもり》、彌彌那利が居る、と記している。

西都原では、五瀬命が官、神武の狭野尊が副として倭国三十カ村連合国から任命されていた。

西都原古墳群がある宮崎県西都市の北東に位置する宮崎県日向市南部に美々津という地区がある。そこに、日向灘へ流れ込む耳川《みみかわ》（美々津川とも言う）という二級河川があり、その河口に美々津港という古い港がある。室町時代から日明《にちみん》貿易で栄えた港町だが、江戸時代も高鍋《たかなべ》藩の重要交易港だった。「記紀」には明記されていないが、この美々津港が神武達の船出した港だ、との云われが地元では今も残されている。

昭和十七年（一九四二年）には、「日本海軍発祥の地」の石碑が建てられ、出航日だった、と『古事記』が伝える旧暦八月一日の「起きよ祭り」も受け継げられている。昼予定の出航が風向きの都合で急遽、早朝に変わり、「起きよ、起きよ」と兵を起こしたからだ、と生々しい。また、立ったまま急いでほつれを縫った立磐《たていわ》神社、小豆と餅米を慌てて一緒についたと言う「お船出団子」は、令和の今現在も地元名物だ。

そして、この美々津こそが、副官・神武である彌彌那利・狭野尊が治めていた土地だったのだ。

実は二人は、〝親須佐派〟だった。須佐の出雲島流しが決定すると、災いの類が自分達にも及ぶのを恐れ、「もうこの土地には我々の居場所は無い。座して死を待つより、より良い土地へ逃げよう、行こう」と、宇佐《うさ》や岡水門《おかのみなと》の〝親須佐派〟の仲間を誘い、慌ただしく九州を後にした。共に新天地を求め、瀬戸内海を東進。後に近畿大和政権・天皇家を誕生させる。宇佐は現宇佐神宮のある大分県宇佐市、岡水門は、遠賀川《おんががわ》河口の現福岡県芦屋町付近と見られている。岡水門の西南には須佐の子、あるいは何代かの子孫の大国主命が誼を通じていた宗像《むなかた》（「古事記」では胸形）大社がある。

歴史では、この大移動を「神武東遷」、もしくは「神武東征」、と言う。『日本書紀』には、「冬十月五日天皇（神武）は自ら諸王子・舟軍を率いて東征に向かわれた。筑紫の国の宇佐の足一つあがりの宮で宇佐津彦のもてなしをうけた。十一月九日筑紫の国の岡水門につかれた。云々…」と、その行程を詳しく伝えている。

しかし、故郷は忘れ難い。須佐の出雲同様、倭国三十カ村連合国の〝分家〟として生きる事を決めた。近畿大和政権で誕生した『古事記』、『日本書紀』に、出雲の記事がふんだんに取り込まれているのは、そんな〝仲間意識〟があったからだった。

その仲間意識の証明となるのが、出雲大社、宇佐神宮に残る「二礼四拍手一礼」の参拝儀式、と筆者は見る。伊勢神宮をはじめ一般の神社では、「二拝二拍手一拝」だが、この二社は、二礼四拍手一礼。おそらく、初期大和政権でも二礼四拍手一礼だったと思われる。

出雲、近畿大和は、この後、銅から鉄への〝近代化〟を急速に推し進めていった。そして、倭国三十カ村邪馬台国連合が後年、唐・新羅連合軍に六六二年の白村江《はくすきのえ》の戦で壊滅的な敗戦を喫すると、無傷で切り抜けた近畿大和政権・天皇家は天智《てんち》天皇の元で「日本」を名乗り、本家・倭国に取って代わった。名実共に正式な倭国の後継であることを『古事記』、『日本書紀』で誇り高く宣言し、神社参拝儀式までも二拝二拍手一拝に替えてしまった。

唐もまた、これを機に日本列島を代表する政権として「日本」を認めている。旧政権を倒した新政権を新、真の政権と認める近代、現代の世界の在り様と変わらない。ましてや、唐は倭国を白村江の戦で破った、という自負がある。滅ぼした「倭」に替え、「日本」の後ろ盾に名を上げた方に利がある。そう計算したのだろう。

天智天皇は〝世界〟、唐の動向をも的確に読んでいたと言える。機を見るに敏な天智天皇の〝作戦〟勝ちが、今日の日本の基礎を創造して行ったと見てもあながち間違ってはいないと思われる。

この事は、唐の歴史書である『旧唐書《くとうじょ》』倭国伝、及び日本伝に、「倭国は古《いにしえ》の倭奴《いど》国。王の姓は阿毎《あま》。倭国は倭人伝にある女王国である。日本国は倭国の別種。旧は小国。倭国を併合した」と、明記されている。

その真偽の証人は、近畿大和政権の第九次遣唐使の一人だった阿倍仲麻呂《あべのなかまろ》だ。阿倍仲麻呂は養老元年（七一七年）、十九歳で唐の都・長安に渡り、太学で学び、国家試験の最難関「科挙《かきょ》」に合格。玄宗《げんそう》皇帝に寵愛され、朝衡《ちょうこう》と名乗り、〝外国人〟でありながら、潞《ろ》州（現山西省《さんせい》長《ちょう》治市《じ》）大都督《だいととく》にまで上り詰めた。
『旧唐書』を編集するのに当たり、唐では著名な〝外国人〟の日本人・阿倍仲麻呂に倭国&日本の状況を事情聴取しない、事情聴取した記録を参考にしない、ことはあり得ない。『旧唐書』倭国伝、日本伝は、当時の日本の在り様を阿倍仲麻呂を通し、フィルターに掛けて正確に伝えている、と見るのが妥当だと思われる。

投馬村の美々が描き、その主役となった安満村の日美が君臨した北部九州倭国三十カ村邪馬台国連合は、こうして歴史から葬り去られた。西暦約二〇〇年から約七〇〇年まで、約五百年の異彩を放つ日本列島の輝きだった。

第三章　《箱根山《はこねやま》》

東京・新宿区の戸山公園にある箱根山。尾張徳川家の下屋敷があった所で、庭園に風景を配置。箱根山もその一つ。（提供・伊勢新聞社）

《箱根山》

「貴女《あなた》の応募の動機は面白いね」

面接官の言葉に国見《くにみ》稚子《わかこ》は、思わず椅子から立ち上がり、

「ありがとう御座います。その一言のおかげで、例え不採用になっても私は悔いはありません」

と、笑顔で答え、頭を下げてしまった。

面接室に居並ぶ役員から笑いが漏れた。

「おやおや。もう貴女は自分自身で、不採用だと決めてしまったのかね。なかなか潔いね。では、御望み通り不採

用としますか?…」

「いえ、それは困ります!」

するとか、今度は笑いの渦が巻き起こった。最終の役員面接で笑いが起こるということがどういうことか、稚子は全く理解していなかった。面接はその人の人となりを見る場所で、付け焼き刃的な借り物はものの見事に剥がされてしまう。その人物の覚悟と、やる気度を試される処なのだ。

「困ったねえ。どっちにしますか?」

役員の中でも一番貫禄がありそうなその面接官は書類から目を上げ、稚子を見つめた。困った、とは言いながら、その目は笑っている様に稚子には見えた。

「採用で、お願いします!」

稚子がそう言って、もう一度ペコリと頭を下げると面接室はついに大爆笑となった。

稚子は就職先として日本でも指折りの化粧品メーカー「資生鐘堂」を受験した。倍率は毎年、百倍を超える人気メーカーで、稚子の様な東大卒でもコロコロ落とされた。

稚子はその志望動機を今、自分が勉強している日本文学史に絡めた。化粧品＝女性、と関連付けるのが常道だが、稚子は化粧の原点は男性に有り、と自説を唱えていた。

動物は鳥であれ、ライオンであれ、オスの方が綺麗に着飾っている。人間もそうだ、と大真面目で考えている。

稚子が日本文学史の〝経典〟として認めているのは、『古事記』でも『日本書紀』でもなかった。中国の古文書、『魏志倭人伝《ぎしわじんでん》』だ。西晋《せいしん》の陳寿《ちんじゅ》が著わした同時代史『三国志《さんごくし》』全六十五巻の最終巻に、「烏丸《うがん》、鮮卑《せんぴ》、東夷《とうい》伝」があり、その東夷伝の七つの民族の最後に取り上げられているのが、「倭人」。この部分が「魏書東夷伝倭人ノ条《ぎしょとういでんわじんのじょう》」で、通称、『魏志倭人伝』と言われている。二千字余りの、「倭《わ》」と言い慣わされた日本の〝姿〟が克明に記録された貴重な歴史書、ということは既に書いた。

その『魏志倭人伝』の中に描かれている〝日本男児〟は貴人も平民も須《すべか》らく、「黥面《げいめん》文身」と書かれている。

「男子無大小皆黥面文身」

と、いう部分だ。「男子は大小となく皆黥面文身す」と、読み下す。

つまり「黥」、刺青《いれずみ》を顔はもちろん身体中に施している、というのだ。理由は海に潜って魚を獲る時、鮫に襲われない様に装飾している。それは、我が国、中国の南部地域の風俗と同じ理由だ、と解説している。

中国の風俗が日本に伝わったか、それとも中国人が日本に渡り、そのまま住み着いたか、その辺は明らかにしていないが、中国が中心という中華思想は当然のことながらプンプン匂わしている。

右を向いても左を見ても、刺青した男子ばかり…。そんなイメージの倭国、日本。稚子はそんな古い日本の姿に頭がクラクラしたことを覚えている。

（古い日本に行きたい。行けないなら知りたい！）

それが稚子が日本史を勉強するきっかけになった。

そして、就活。就職活動先を日本史とは全く関係のない化粧品メーカーに選んだ。

「美を追求するのは女性の特権に非ず。原始、日本では男子が美しく装っていた。魏志倭人伝に書かれた『黥面文身』がその証明。これからの時代は男子も美しく成るべし。私は御社で男性用化粧品を世に広めていきたい」

稚子は入社の志望動機をそう書いた。それが面接官の目に留まったようだ。稚子の応募した化粧品メーカーも男性用化粧品への市場占有率が大きく伸びており、願ってもない人材ではあったが、その動機のユニークさは白眉だった。

その貫禄ある面接官が、稚子が書いた志望動機に食いついたのは当然と言えば当然だった。稚子は全く知らなかったが、その面接官はその会社の社長だった。稚子がそのことを知ったのは、入社式のその時だった。社長の入社祝辞で登壇したその人物が、マイクを前にして突然、最前列に座る稚子の方を向いて軽く手を挙げ微笑んだのだ。

「エッ、あの面接官が社長⁉」

稚子は自分自身の不覚に耳まで真っ赤になった。今どきの学生ならネット等で社長の名前と顔くらいは事前に調べ、面接に臨むのは当たり前だが、稚子の学生時代はようやく携帯電話が普及の緒《ちょ》に就いたばかりの頃で、そこまでする学生は少なかった。ま、稚子の勉強不足、下調べ不足と言えば言えるのだが…。

一ヶ月間の社内業務の基礎研修を終え、稚子は〝実習生〟として東京・日本橋の老舗・百貨店「日本橋三越」にある化粧品売り場の販売業務を担当させられた。マンツーマンで化粧品のイロハ、接客マナー、顧客対応を実地で学ぶためだ。

以前は四大（四年制大学）、大学院卒は入社早々、本社勤務が当たり前だったが、面接時から稚子に一目置いてくれていた例のあの社長が社長に就任して以来、この化粧品メーカーでは新入社員全員が一度は販売の最前線に送り込まれる様になった。

お客様第一、を標榜する、かの社長らしい方針だった。

「日本橋三越」の一階中央ホールには五階程の吹き抜けがあり、そこには瑞雲に包まれた天女が花芯に降り立つ瞬間の姿を現したと言う佐藤玄々作、「まごころ」と命名された巨大で煌びやかな「天女の像」がある。昭和三十五年（一九六〇年）の完成で、高さ十・九《メートル》、重さ六・七五《トン》の檜の木像。その百貨店の理念である顧客への真心を象徴している、と言うことで、「まごころ像」とも呼ばれている。

その天女に見守られている様なフロアには、世界各国の高級化粧品、香水メーカー、高級ブランド店がしのぎを削る様にアンテナショップを展開している。文字通り、華やかな百貨店、デパートの看板セクションだ。

　稚子は、そんなキラキラした職場で自身の化粧法はもちろん、個々に合わせた化粧法を学んだ。一応、ビューティー・スタッフとかビューティー・スペシャリストと言う名前が付いてはいるが、実習生・研修生だからほぼ素人だ。

　元々、稚子は学生時代からロン毛を通していた。しかし、お客に化粧を施している際に絡みつくロン毛が鬱陶しくなり、思い切ってバッサリと髪を下ろした。それを見た先輩の美容・販売エステティシャンの谷本尚子が、

「あら、国見さん、貴女もやっと販売員に成れたわね。髪を下ろしたことが販売員の条件ではないのよ。貴女は目がパッチリと大きく、鼻の先がプックリ膨らんで鼻筋が綺麗。それに顎が張っていない。西洋人によく似た造りなのよ。それが貴女の特徴でもあり、長所なのよね。その長所を生かしたショートカットの方が似合うのになあ、と思っていたの。それに気付けば一人前、と楽しみに見ていたの。アナタ、似合うわよ」

と、褒めてくれた。

　医者の不養生ではないが、歯医者も虫歯だらけでは患者が寄り付かない。化粧品の販売員も魅力的な化粧、装いをしていないとお客は相談する気も起きない。

　稚子の場合は仕事の作業上のショートカット移行だったが、目、鼻など顔の造作に合わせた首から上のコーディネイトも化粧法に関わってくることに気付かされた。

この先輩美容・販売エステティシャン、谷本尚子とは、何かにつけて反《そ》りが合わなかった。先輩として後輩に教育的指導を施しているのだろうが、稚子がカチンと来るのは、言葉の最後に必ず、

「東大を出て、そんな事も出来ないの！」

と、言う事だ。

谷本も四大を出た学士さんだったが、「東大」には含むところがあるのか、口うるさく厳しい先輩、というだけではない〝毒〟を持っていた。

百貨店での実地訓練が多少慣れてきた夏のある日、ついに稚子が切れた。稚子が開店前の陳列台に口紅をディスプレイしていると、谷本が大声でそのディスプレイを罵った。

「何、それ⁉　今は夏よ！　春は萌え出《いず》るピンク、夏はぎらつく太陽に負けないレッド、秋は辺り一面の紅葉に合わせたオレンジ。色でアピールすることをお客様に勧める、そう言ったでしょ？　基本よ、基本！　そんな総花的な陳列をしたら、お客様はお迷いになるでしょう⁉」

そして、いつもの様にこう付け加えた。

「本当に、もう…。アナタ、東大でしょう？　東大を出てそんな事も分からないの、出来ないの⁉」

ここで稚子の堪忍袋の緒がプッツンと切れた。いつもは、

「スミマセン…」

と、自らの至らなさを謝っていた稚子だが、

「スミマセンね。勉強しか出来なくって！」

と、言わずもがなの口答えをしてしまった。

これには、周りの他社の販売員も凍り付いた様に稚子を見た。

この一件があって以降、さすがに谷本は、「東大云々…」は言わなくなったが、その谷本のお褒めの一言で急に接客に自信が沸いてきた。

（自分自身も変わらなきゃ、接客も出来ない…）

雨降って地固まる、とは言うが、稚子は谷本からまた一つ大きな大きな事を教わった、と思った。


稚子の実家は早稲田大学に近い東京・新宿区戸山《とやま》二丁目にあった。稚子が生まれた昭和四十九年（一九七四年）から七年後、住居表示が現在の戸山二丁目に変わったが、それまでは戸山町と言った。

江戸時代、この一帯は御三家の筆頭・尾張徳川家の下屋敷だった。寛文十一年（一六七一年）、三代将軍家光の娘・千代姫が光友に嫁いだ時に大名庭園をここに造り、その中に箱根山に見立てた築山《つきやま》や小田原宿を模した街並みを再現するなど二十五に及ぶ風景を配置した、とい

う。

この尾張藩の下屋敷の庭園「戸山荘」は、御三家の一つ、水戸徳川家の「小石川後楽園」と並ぶ回遊庭園として幕末まで栄華を誇ったが、明治になり軍用地として陸軍の射撃場、陸軍戸山学校等が建てられた。

さらに、大東亜戦争（連合国側の呼称は太平洋戦争）後は都立戸山公園として緑地整備され、明治通りを挟んで西側を大久保地区、東側を箱根山地区として分けられた。箱根山地区には一戸建ての都営住宅や鉄筋コンクリート造りの戸山ハイツ等の団地が立ち並び、稚子の実家はその都営住宅の一つだった。後年、この辺り一帯は押し並べて、「戸山ハイツ」と総称される様になる。

国見家の二女として生まれた稚子は、尾張徳川家が残した築山の箱根山が格好の遊び場だった。標高四十四・六メートルの箱根山はこの辺りのランドマークとなり、山手線内で一番高い山、と認定されている。遊具や緑地スペースも設けられ、春ともなれば桜の名所としても名高い。

もちろん、何故、箱根山と言うかは知らなかったが、自分の家が尾張徳川家の下屋敷があった場所だ、と小学生の時に担任の先生から教えて貰い、俄然、歴史に興味を持つ様になった。

幼い頃からの遊び場だった箱根山が、その下屋敷に造られた庭園の築山だった、ということも図書館で苦労して探し出した。その理由も調べて分かった。

家の近くには、早稲田大学、学習院女子大学、都立戸山高校等があり、自然の成り行きでその都立戸山高校に進学したが、この高校は偏差値が高く、進学校としても名を馳せていた。行き当たりばったり、のんびり屋の稚子だったが、同級生たちの〝熱〟に浮かされ、進路の大学は東京大学を選んだ。東大で思いっ切り日本文学の歴史を勉強したい、というのが稚子の夢だった。

稚子が自分の生涯のテーマを見つけたのは、実は箱根山での散歩の時だった。〝進振り〟で頭を悩ませていた二年生の梅雨時、久しぶりに箱根山に登った。

〝進振り〟というのは、東大独特のシステムで、専門課程に進む際、成績によって振るいに掛けられるのだ。正式には進学選択制度と言い、文Ⅰ、理Ⅲは、そのまま法学部、医学部に進めるが、文Ⅱ、文Ⅲ、理Ⅰ、理Ⅱは経済学部、文学部・教育学部、工学部・理学部、農学部・薬学部といったそれぞれの専門学部にストレートに進めず、進路を振り分けられてしまう。希望通りの専門課程に進めない場合、降年と言う自主的な留年もあるが、厳しい振るい落としに掛かるのは同じだ。

もちろん、ストレートに専門課程に進級出来る文Ⅰ、理Ⅲにもシビアな関門が待っている。留年、という有無を言わせぬ落第だ。進振り、と留年。選択肢は無いが、東大生は必ずこの難問に一度は直面する。

稚子は文Ⅲに合格し、そのまま文学部で日本文学史学を勉強したいと思っていたが、成績と希望者数次第では思い通りにはならない可能性があった。一応、それなりの成績を残してはいたが、日本文学史学の希望者は多く鬱々とした日々を送っていた。
この年は空梅雨で雨の日の方が少なかった。夜、フラリと箱根山に登ると、月が出ていた。梅雨時とは思えないほど、街灯の光に負けず明るい光を放っていた。所々に植えられた紫陽花が、赤紫、青紫に輝き、ここが大都会・東京の満々中であることを忘れさせてくれる。
（小さい頃、よくここで花火をしたなあ…）
稚子は大人しい線香花火よりも地上を駆けずり回るネズミ花火が大好きだった。ネズミ花火に追いかけられながら、奇声を発してそこら中を走り回る。時たま、大人たちが上げる打ち上げ花火に驚き、耳をふさいだ事も懐かしい。その花火の季節ももうすぐだ。
月を見上げていると、和歌が一つ口を突いて出た。
〽天の原
　振りさけ見れば
　春日なる
　三笠の山に
　いでし月かも
…
この和歌は奈良時代の第九次遣唐使・阿倍仲麻呂《あべのなかまろ》が天平勝宝五年（七五三年）、在唐三十六年、五十五歳の時、帰国に際して蘇州・天津の黄泗浦の港で詠んだ歌とされ、「古今和歌集」、

「玉葉和歌集」、「百人一首」に入首されている望郷の和歌だ。吉備真備《きびのまきび》らと共に十九歳の若さで唐の都・長安《ちょうあん》に渡った仲麻呂は、その才を玄宗《げんそう》皇帝に認められ、〝外国人〟であるのに潞《ろ》州（現山西《さんせい》省長治《ちょうじ》市）大都督にまで昇進。唐名を朝衡《ちょうこう》と名乗り、李白、王維らの詩人とも親交を重ねた。玄宗皇帝の妃・楊貴妃《ようきひ》にも愛され、「全唐詩」にもその作品が残されているが、嵐のため帰国の途に失敗。宝亀元年（七七〇年）、唐土の地で七十二歳で亡くなっている。

中国でもこの仲麻呂の歌は有名で、陝西《せんせい》省西安《せいあん》市（元、長安）の興慶宮《こうけいきゅう》公園と江蘇《こうそ》省鎮江《ちんこう》市の北固山公園には、五言絶句の漢詩として刻まれた歌碑がある。

今、稚子が箱根山から見上げている月は、戸山ハイツの東の端、国立国際医療研究センター・ビルの上にある。三笠の山の風流さには程遠い。

（振りさけ見れば…か。アレッ?!　振りさけ、ってどういう意味だろう。振り仰ぐ、ではいけないのかなあ）

そう思った瞬間、稚子はサッサと箱根山を下りた。家に帰ると、二階の自分の部屋に入り、『広辞苑』を本棚から取り出し、探した。

振り放《さ》け見る＝振り仰いで遠くを見る。眺め揚げる。振り放《さ》け＝遥か遠くを仰ぐと、出ている。

（何と何と、振り割け、振り裂け、ではなく振り放け?!　振り仰ぐ、どころの騒ぎじゃないじゃない）

稚子はウーンと唸って、窓からの月を見上げた。

（振り割け、振り裂け、でも振り放け、でもどちらでもいいわ。とにかく、振り仰ぐ、のではない事だけは確かね。三笠の山に行ってみればそれが分かるのね）

疑問を感じたらすぐさま行動を起こす稚子、机の引き出しから預金通帳を取り出し、その残額を確認した。二十万円と少しあった。家庭教師のバイトで稼いだ小遣いだ。東大という処は有り難い処で、バイト先の家庭教師の口は幾らでもあった。しかも、時給五千円前後という高値で選べた。稚子が、東大に入って良かった、と最初に感じたことは実はバイトでの需要の多さだった。

稚子はその週末、慌ただしく奈良への一人旅に出た。三笠の山を〝振り放け（割け、裂け）見る〟ためだ。

しかし、稚子が見た奈良の三笠山から出る月は全くイメージにそぐわなかった。三笠山は若草山とも呼ばれ、標高三四一・八メートル。早春の山焼きで有名な、それこそ笠の様にこんもりとした柔らかさを持っている。とても、放け（割け、裂け）て見るイメージは無く、月もどう考えても普通の山から昇る月でしかなく、振り仰ぐイメージの方がピッタリとくる。おっとりとした優雅な万葉の香りさえもする趣は、振り放け（割け、裂け）るという猛々しさは皆無だった。予想されたこととはいえ、稚子は失望が大きく、そこかしこでまとわりついて来る可愛い鹿の群れが、鬱陶しくさえ思えた。

この違和感は、日本文学史学を探求しようとする稚子にはどうしてもぬぐい去る事が出来なかった。魚の小骨が喉に突き刺さった様にいつまでも残った。

（異郷で詠んだ和歌とはいえ仲麻呂は何故、あんなに優しく感じる三笠の山、三笠山をトゲトゲしく振り放ける思いで見たのだろう。帰国の航海が失敗に終わり、気持ちが猛々しくなっていた、という解説もあるが、この和歌は帰国の途に就いた時、さあ帰るぞ、と勇み立つ気持ちを表わした、と言われている。何故だろう…）

違和感はさらに膨らんだ。

（そもそも、誰がこの和歌を日本に持ち帰ったのだろう？　四隻の船で帰国の途に就いたと言うから、無事に帰国できた誰かが、これは阿倍仲麻呂の和歌である、と報告したとしか考えられない。遭難、今のベトナム辺りに漂着した行方不明の阿倍仲麻呂の消息も分からないのに、辞世の句として報告したのだろうか。そんなことが許されるのだろうか。それとも、無事、長安の都に帰り着いた仲麻呂が後年、唐に渡って来た後輩の遣唐使達に、「これは我が最初に帰国の途に就いた際、詠んだ歌だ。望郷の和歌として国の皆様に披露して欲しい」と、託したのだろうか。そう言う事を、誰も疑問に思わなかったのだろうか。不思議だ…）

奈良への衝動旅から帰った稚子は、ますます日本文学史学を勉強しよう、探求しよう、という思いが強くなった。そのきっかけを作ってくれたのが、地元、早稲田の箱根山であり、阿倍仲麻呂の和歌、〽天の原…だった。

幸いにも稚子は、〝進振り〟の網に食らい付き、落伍を免れ、思い通りの専門課程に進級する事が出来たのだ。

そして、今がある。


箱根山は楽しい思い出だけではなかった。稚子は東大に入学を果たすと、迷わずクラブ活動としてESSを選んだ。日本の文学史学を勉強するために文Ⅲに入ったが、内に籠らず広く世界に日本の文学史学を紹介したい…そんな夢を描いていた。そのために、せめて世界共通語の英会話がスラスラ話せれば、という軽い気持ちからだった。

しかし、東大のESSは甘くなかった。その人数は二百人ほどにもなり、稚子は知らなかったが、東大という処は帰国子女が多く、ESSに籍を置く帰国子女の割合は何故か高かった。ネイティブか、と思える巻き舌のバリバリに囲まれ目がクラクラしたものだ。文字通り、English Speaking Society、英会話での社交界だった。

逆にこれが稚子には幸いした。巻き舌にもみくちゃにされながら、あっちの花、こっちの花と渡り歩いている内に、社交的と思われたのか、いつの間にか「女子部長」に祭り上げられてしまった。東大は基礎課程と専門課程でキャンパスが分かれていて、基礎が渋谷区の駒場、専門は文京区本郷。流れとしてクラブ活動は駒場での二年間、という暗黙の了解があった。

女子部長・稚子は、英語劇、ディベート等に分かれた組織を巧みに束ね、合宿の季節ともなると、その日程調整、演目調整に八面六臂の大活躍を見せた。

稚子がESSに入部したと知った友人に、「アナタ、英語を話せるの?」と、聞かれるとニッコリ笑ってこう答えたものだ。

「英会話なんて、度胸よ!」

コンビを組んだ男子部長の竹中良二は帰国子女の一人で、稚子の英会話力を補って余りがあった。竹中はJR山手線西日暮里《にしにっぽり》の駅前にある私立中、高一貫校の出で、東大合格者数日本一を誇るその有名校からストレートで文Iに合格していた。

父親は大手ゼネコンの営業部長を務めていて、その父親の仕事の関係で小さい頃からシンガポールで暮らしていた。稚子の父親は都庁に勤める公務員で、育った環境が明らかに違った。

稚子が竹中に興味を持ったのは、彼の持つ垢抜けた所作、雰囲気、含蓄《がんちく》に富む会話力だけではなかった。彼の父親の出身地が宮崎県の西都市《さいと》だと聞いたからだ。西都市には西都原《さいとばる》古墳群という国の特別史跡がある。西都市三宅、童子丸、右松地区に広がる標高七十メートルほどの洪積台地上に集中する日本最大級の古墳群だ。四~七世紀頃のものと言われる。

中でも全長百七十六メートル、高さ十九・一メートルの男狭穂塚《おさほづか》は日本最大の帆立貝型古墳と言われ、全長百七十六・三メートル、高さ十四・六メートルの女狭穂塚《めさほづか》は九州最大の前方後円墳と言われている。女狭穂塚は男狭穂塚の下部を削り取って重造した様にも見えるが、宮内庁陵墓参考地とされているため詳しい事は分かっていない。男狭穂塚は天孫・瓊瓊杵尊《ににぎのみこと》の、女狭穂塚はその妻・木花開《このはなさく》耶姫《やひめ》の御陵と言われている。

「私ね、その西都原の男狭穂塚と女狭穂塚に行ってみたいの。瓊瓊杵尊と木花開耶姫の御墓ではないかと言われているから、ひょっとすると、その辺りが神武《じんむ》天皇の生まれ故郷かも知れないでしょう?」

稚子がそう言うと、竹中はいとも簡単に、

「じゃあ、行ってみるか。僕も小さい頃、行ったきりで久しぶりにお爺ちゃん、お祖母ちゃんに会いたいし」

と、〝二人旅〟を提案した。

稚子はあまり深く竹中の提案した〝二人旅〟を考えなかった。自分がやりたい日本文学史学の何かの足しになる、というその一心で賛同した。

稚子は『日本書紀』第三巻に書いてある神武天皇（神日本磐余彦天皇《かむやまといわれびこのすめらみこと》）の東征に興味を持っていた。神武は鸕鶿草葺不合尊《うがやふきあえずのみこと》の四男。鸕鶿草は天孫・瓊瓊杵尊の二男・彦火火出見尊《ひこほほでみのみこと》（山幸彦《やまさちひこ》）の子だから、神武は瓊瓊杵尊の曾孫《ひまご》にあたる。名を狭野尊《さののみこと》、と言う。彦火火出見尊、とも呼ばれる。

また、神武には三人の兄達がいた。長男が彦五瀬命《ひこいつせのみこと》、二男が稲飯命《いなひのみこと》、三男を三毛入野《みけいりの》命《みこと》、と言う。

『日本書紀』では、四十五歳の時、兄弟や子供の手研耳命《たぎしみみのみこと》（二代綏靖《すいぜい》天皇の腹違いの兄）

達に突然、「東の国に行き、その土地を治めよう」と提案した、となっている。東の国を勧めたのが潮土《しおつつ》の翁《おじ》、と言う。

『古事記』では、兄の五瀬命と高千穂の宮で協議。「ここは狭い。何処か暮らし良い土地に行こう」「東には良き国があると聞く。東に行こう」と、立ち上がった、と書かれている。

それ以上の理由は明白にされてはいない。が、兎にも角にも、神武の狭野尊は兄の五瀬命と共に一族郎党を引き連れ、あたふたと故郷・日向《ひむか》の土地を離れたのだ。稲飯命と三毛入野命は既に亡くなっていた。

その目的地・東の国（奈良県南部）への道程を見ると、ここで言う日向は、どうやら今の宮崎県日向灘《ひゅうがなだ》辺りに比定されて間違いがないようだ。これを、「神武東征《じんむとうせい》」、「神武東遷《じんむとうせん》」と言う。

それだけに、稚子は一度でいいから、神武の故郷と思われる宮崎・日向《ひゅうが》市や古墳が集中する西都市に行ってみたかったのだ。神武の古里＝天皇家の故郷だから、日本文学史学を志す身には聖地と言って良い。竹中はそんな稚子の一途な思いを理解し、思いがけない宮崎への旅を誘《いざな》ってくれた。

ＡＮＡ全日空機は日向灘を突き切る様に宮崎空港（現宮崎ブーゲンビリア空港）に着陸した。宮崎空港は滑走路の一部が日向灘に突き出したシーサイド空港のため、海側から侵入着陸すると、右手に一ッ葉海岸が広がり、防砂林、防風林の松林の中に超高層ホテルとゴルフ場を綺麗に整備した「フェニックス・シーガイア・リゾート」が見え、左手には鬼の洗濯板と言われる奇岩群の中に青島がポッカリと浮かんで見える。

竹中は進行方向右側の席を予約していたため、機窓から見える超高層ホテル「シェラトン・グランデ・オーシャン・リゾートホテル」を指差して
「今日は、あのホテルに泊まるよ」

と、案内した。

しかし、稚子は失望した。竹中は日本史には全く興味がなく、西都原古墳どころか、自らのルーツである祖父母の家系にもまるで無関心で、二人きりになる事だけに始終した。要するに稚子との〝二人旅〟が目的で、稚子は頭の切れるスマートな竹中に心を寄せていただけに、竹中があさましくさえ見えてきた。

稚子は竹中の目的が、〝二人の仲〟と分かると、竹中が用意した超高級ホテルを断わり、安いビジネスホテルに駆け込んで一人で泊まった。竹中が予約したシェラトンは、稚子も一度は泊まりたいホテルの一つだったが、なし崩し的な竹中の態度が許せなかった。学生、という身分を顧みても不相応感があった。

西都原の古墳群は間違いなく雅子を満足させた。男狭穂塚、女狭穂塚は宮内庁管轄ということで、外観しか見ることが出来なかったが、雅子は空をみた。雲一つない青空が広がっていた。

（もしかすると、瓊瓊杵尊も木花開耶姫も、誰より神武の狭野尊もこの空を見たかも知れな

い。周りの風景は時代とともに変わるけど、あの空は二千年前も今も変わらない）

稚子は古代を仮想、空想しようとする時は、必ずその同じ場所に行き、そこでその空を見上げることを常としていた。この世で〝不変〟は、空だけ。稚子はそれだけは真理だと思っている。

いつまでも西都原の空を見上げる稚子を竹中は笑ったが、稚子は神武の狭野尊が青雲の志をいだいたその気持ちが分かるような気がした。

（確かにこの台地は狭い。もっと広い大地を目指して旅に出よう、と神武が決心したのは当然かも知れない。あの東の青い空の下には新世界が待っている…）

台地の向こうには日向灘が広がり、そのまた先に東の国々がある。『魏志倭人伝』には、「女王国の東、海を渡ること千余里にして復《ま》た国あり、皆倭種なり」と、ある。女王国がこの九州にあったとするなら、神武の狭野尊の東征は荒唐無稽ではない。

稚子の空を見上げた仮想、空想は果てしなく広がっていく。

そんな稚子を竹中は先を促した。稚子は竹中にも稚子と西都原古墳群の世界に入って欲しかったが、竹中は稚子の描く仮想、空想の世界に全く興味を示さず、さらに横穴式石室の鬼の窟《いわや》古墳を案内した後、西都市の祖父母宅に寄り、お墓参りをそそくさと済ますと、宮崎市内の歓楽街、西橘通《にしたちばなどおり》に稚子を連れて行った。住所表示は橘通西だが、通称は西橘通。

「ここで腹ごしらえをしよう」

と、一軒の地鶏《じどり》炭火焼の店に入った。店はカウンターだけの小さな造りだったが、〝元祖もも焼き〟を標榜する昭和二十九年（一九五四年）創業の老舗「丸万《まるまん》」の本店だ。

地鶏の骨付きもも肉を開き、塩で味付けをして備長炭で一気に焼き上げる。そして、その黒く炭が付いたホカホカをかぶり付く。ステック・キュウリと鶏がらスープが添えられ、これが炭火焼きにほどよく合う。

「ここの炭火焼きは、一度食べたら病みつきになるんだ。麻薬が入っている、と冗談を言う人もいるくらいだよ。僕も親父に初めて連れて来てもらった時は、小学生だったけどこの味が忘れられなくなった」

竹中は、取り敢えずビールを中ジョッキーで二杯と骨付き炭火もも焼きを二本頼んだ。女性は骨付きではなく、骨を外して食べ易くほぐしてくれるが、最初はやはり骨付きを食べた方が味わい深い、と忖度したのだ。もちろん、ほぐし用の小さなフォークは付いている。

アルミの皿に乗せられた骨付き炭火もも肉が出て来ると、竹中は待ち切れなかったかの様に用意されたキッチンペーパーで骨を掴み、一気にもも肉にかぶりついた。

「うまい！」

稚子も竹中に倣い、こわごわ黒く焦げた様なもも肉を口に運んだ。

「美味しい！」

稚子の一言に、竹中は勝ち誇ったかの様に、

「だろう⁉　もう、やめられなくなるよ」

と、笑った。

結局、竹中はこの炭火もも焼きを四本、稚子も二本と骨付きではないほぐしを一つ平げた。

「満足、満足！　もうこれ以上は無理。四本がリミットだよ。国見さんも頑張ったね。女性で三本はなかなか居ないよ」

「だって、美味しかったから。でも、もう無理」

この「丸万」は、ここ宮崎でスプリング・キャンプ、秋季キャンプを張るプロ野球・巨人の選手が御用達にしている店で、中には十本も食べる選手もいるとか。

そんな楽しい旅であるはずの九州・宮崎旅行がうやむやに終わり、鬱々とした日々が続いたある日曜日、突然、竹中が稚子の戸山ハイツの実家を訪ねてきた。

「元気だった？」

笑顔を見せる竹中の気遣いに、心の緊張の糸が切れた思いの稚子は竹中を箱根山に誘った。

初冬の箱根山はコートが必要なほど寒かった。

「ゴメンね。すっかり気を悪くさせちゃったね。よくよく考えたのだけど、どうやら僕達は考えている方向が違っているみたいだ。僕は君という宝物を得て、脇目も振らず法曹界へ乗り出そうとしたのだけど、君には君の道というか、夢があるよね。当然だよね。だから、お互い傷つかない内に別れた方がいいように思う。これからも良い友達で居てくれよね。じゃあ、サヨウナラ！」

竹中は竹中らしく一方的に言いたい事を話すと、サッサと来た道を引き返して行った。稚子はポカンとしたままで、竹中の背中を見送った。竹中は稚子が初めて心を許せる相手だったが、喪失感はまるで湧かなかった。寒さだけが、足元からせり上がって来た。

「日本橋三越」での実地研修は一年間続いた。稚子はそれなりの知識、経験を積む事が出来た。二年目からは銀座の本社勤務だ。いよいよ社会人として本当の生活が始まる。

その送別会の帰り、日本橋の空に大きな月が出ていた。日本橋には日本の道路元標があり、東海道など七本の道路網の始点となっている。その欄干は麒麟と獅子の青銅像で飾られ、さすがの趣を醸し出しているが、日本橋川の上に首都高速道路が走り、歌川広重描く「東海道五十三次之内・日本橋」という浮世絵・お江戸日本橋の風情は全く無い。

しかし、月とのセットとなると、さすがの風情が甦って来る。

稚子はその月を見上げて思わず溜息をついた。がむしゃらに走り切った一年間が終わり、ホット一息ついた僅かな隙間。

（スーパー・ムーンかあ…）

スーパー・ムーンとは、月が地球に最接近して最大に見え、その明るさも三十《パーセント》も明るいと言われる。最接近の距離は、約三十六万《キロメートル》、と言われている。

その瞬間、稚子の頭の中で何かが弾けた。

（私は何をしているのだろう⁉　振り放け見た天の原は、その後、どうなったのよ？　私は、私は一体…）

稚子の身体に震えが走った。何年ぶりだろう。大学時代、進振りで頭を悩ませていた頃、箱根山で覚えた衝撃が甦ってきた。喉に突き刺さった小骨の鬱陶しさも突然戻って来たかの様に感じた。

〽天の原　振り放け見れば…

日本橋の、そのまた上の大きく輝く月。そのスーパー・ムーンが、稚子に微笑んだ様に思えた。

翌日、稚子は業務課長に退職願を出した。半年間の試用の後、正式に、販売部業務課に配属されていたのだ。戸山ハイツの自宅に戻り、退職願を書いている時、あの穏やかな表情の社長の顔が浮かんだが、スーパー・ムーンの輝きが稚子の背中を押した。

稚子は退職願を出したその足で本郷の東大に、学生時代お世話になったゼミの教授を訪ねた。ゼミの教授は予期していたかの様に稚子を笑顔で迎えた。

「よく帰って来てくれたね。一年も留守にするとは、君もなかなかしぶといね。でも、きっと素晴らしい経験を積んできたことだろう。君の顔にそう書いてある。積もる話は追々やることにして、さっそく仕事をやってもらうよ。日本文学史学の研究は奥が深いからね。君の分は一年分、溜まっている。お帰り！」

稚子が二十四になる年の春だった。

第四章　《水城《みずき》》

今も全長1キロ以上も残る古代遺跡の水城。現代のダムだ。手前の東門があった場所を県道112号線が走る。右側が博多湾、左側が大宰府政庁跡方面

《水城》

水城《みずき》の東門を輿に乗ってくぐった時には、旅人《たびと》はキッパリと未練を断ち切っていた。

「もう二度と、この門をくぐって奈良の都に戻る事はあるまい。筑紫の露と消えるのみだ…」

この時、神亀四年（西暦七二七年）旧暦秋長月九月。旅人は六十二歳を迎えていた。

長屋王《ながやおう》に連座する旅人を藤原一派が、体よく〝島流し〟にした、と後年、噂されたが、実のところは違う。

大宰師《だざいのそち》に任命された正三位《しょうさんみ》中納言・大伴宿禰《おおとものすくね》旅人は、朝廷から重要な任務を帯びていた。

夏も終わりに近づいたこの年、神亀四年旧暦夏水無月六月、旅人は突然、朝廷から呼び出しを受けた。その場には、大王《おおきみ》・聖武《しょうむ》天皇も出座。権勢ときめく長屋王、舎人《とねり》親王、藤原四兄弟の長男、中納言・武智麻呂も同座し、ただ事ではない重要な席であることが分かった。

「正三位中納言・大伴宿禰旅人を大宰師に任ずる」

参議・藤原房前《ふささき》が勅を読み上げた。

旅人は驚いた。今再びの大宰府…。しかも、歳はもう隠居の六十二…。

（何という事か⁉）

旅人の驚きはもっともだった。この時から八年前、旅人は太政官の首班・藤原不比等《ふひと》から「征隼人持節大将軍《せいはやとじせつ》」に任じられ、大宰府に赴任。不穏な動きをみせる〝隼人〟の残党を根こそぎ平らげた。〝隼人〟とは言うものの、その実、彼らは本来、近親者達だ。

この旅人の鬼神の働きに、当時の元正《げんしょう》天皇はいたく感激し、特例として慰問の勅を発したほどだった。

藤原京、それに続く平城京では、文人、歌人として名を馳せている旅人だったが、武人としても卓越した能力を発揮していた。宿禰姓を賜る「大伴家」の家系に相応しい人物だったのだ。大伴家は『日本書紀』の一書によると、天孫・瓊瓊杵尊《ににぎのみこと》が地上界に降臨した際、付き従った天忍日命《あまのおしひのみこと》が遠祖という名門。

低頭したまま訝《いぶか》る旅人に、長屋王は優しい言葉を掛けた。

「宿禰殿。これは、そなたにしか出来ぬ御役目だ。そなたのお陰で、かつて、そなたが掃討した筑紫には、まつろわぬ残党はもう居ないであろう。しかし、油断は禁物。何やら蠢《うごめ》く噂も耳にする。そこで、今一度の大掃除に加え、こたびはその隼人の形跡を根こそぎ消し去って来て貰いたい。特に文書《もんじょ》の類いは全て処分するか、この奈良の都に持ち帰って来て貰いたいのだ。その選眼は宿禰殿しか持ち合わせていない。せっかく、『日本書紀』という舎人親王が心魂を傾けた官選の史書が出来たというのに、別の書物が出て来ては穏やかではないからのう。この日本に歴史は一つで充分。万世一系でなくてはならない。御上も是非ともそなたに、と仰せられ、出座なされておらっしゃる。宜しく頼みますぞ」

この長屋王の言葉に、舎人親王も続けた。

「宿禰殿、長屋王の仰せられる通りだ。そなたと一緒に力を尽くした『日本書紀』は、初めての官選の史書として立派に歩きだしている。ただ、やはり気がかりなのが〝かの地〟に残る種々の文書だ。これは何としてでも抹殺しなくてはならぬ。一つなりとも残してはならぬ。また、その御役目に邪魔立てする輩が出るやも知れぬ。その両方を首尾よくやってのけられるのはそなたしかおらぬ。どうか、宜しくお願い申し上げる」

長屋王は、天武天皇の長男の皇子・高市《たけち》皇子の子。聖武天皇が神亀元年（七二四年）に即位すると、正二位右大臣に就任した。養老四年（七二〇年）、権勢をほしいままにした武智麻呂、房前、宇合、麻呂のいわゆる藤原四兄弟の父、不比等が没すると、正二位左大臣に昇格。政界のトップに躍り出ていた。そして、この神亀四年、官人に対する綱紀粛正、褒賞等を矢継ぎ早に行い、さらに皇太子の基王（母は不比等の娘、藤原光明子）が急死すると、にわかに皇位まで噂される様になった実力者中の実力者だ。

このため、長屋王は藤原四兄弟の標的となり、この二年後の神亀六年（七二九年）、天皇への謀反の罪を着せられ、自害させられることになるが、それはまた後の話。日頃から旅人とは和歌を通じて誼があり、長屋王は旅人を〝和歌の師〟として礼を尽くしていた。

舎人親王は、言わずと知れた『日本書紀』編纂の責任者で、その時々に旅人に助言を求め、文人・旅人を編者の一人として敬っていた。

朝廷からの身に余る重要な任務とはいえ、六十の還暦を超えた旅人には厳しいものがあった。気が重かった。

前回は単身での赴任だったが、今回は妻女の丹比郎女《たひのいらつめ》、嫡男・家持《やかもち》、二男・書持《かきもち》、長女・留女郎女《とめのいらつめ》、の家族全員を伴っていた。覚悟の西下だ。

「隼人達の掃討戦で済んだ前回は気が楽だった。しかし、今回は既に『日本書紀』という史記があり、それに沿った歴史を創っていく重要な役割。大王には、文武両道に秀でたそなたにしか務まらぬ、と勿体ない御言葉を賜ったが、土地に染み付いた歴史を葬り、新たな歴史をその上に塗り込めるのは並大抵の事ではない。それに、それほどの気力も体力も我には残っていない。だが、隼人掃討をやり切った最後の責任者として、その総仕上げである今回の御役目を全うするのは本望と言うもの。大宰府に骨を埋める覚悟を御上に御示しするためにも家族全員で西下する。そなたもその覚悟をして欲しい」

奈良の都を発つ前に、旅人は妻女の丹比郎女にそんな話をした。幼子はともかく、老齢の二人は大宰府の土に還る可能性の方が高い。二度と戻る事がないであろう都に、未練があっては大宰府の生活も役目も上手くいくわけがない。未練が残らぬ様、義理ある処にはそれなりの挨拶をしておく様にと促したものだった。

「父上、いよいよ大宰府で御座いますね。野も山も紅葉が一杯！　我ら兄弟には楽しい事が満ち溢れていそうですね」

後に続く輿から顔を出し、嫡男の家持が屈託の無い声を上げた。まだ、九歳の幼さを残してはいるが、旅人に似たのか詩歌に抜きん出た才能を示し、旅人を何度か驚かせたことがある。幼子達には、奈良の都に比べ、自然がそのまま残る大宰府は遊ぶ処に困る事はなく、毎日を満喫することが出来るであろう。

気の重い西下ではあったが、家持の声に旅人の心は癒され、思わず微笑まざるを得なかった。

（この子は、この父の心の内までも読んでいるのだろうか？……。実の息子とはいえ、本当に思いやりがあり、逞しい限りだ。きっと、自慢の息子に育ってくれることだろう）

晩秋の筑紫の風は奈良の都に比べひんやりとした冷たさを感じたが、旅人は心の内にほっこりとした温かさが宿るのを意識した。

輿の一行は、大宰府の手前、苅萱《かりかや》の関で止まった。ここで旅装を解き、正装に着替える。いよいよ、都府楼《とふろう》、大宰府政庁だ。

年が明けた神亀五年（七二八年）早々、旅人は安《やす》の野、朝倉の地に出向いた。八年前、征隼人持節大将軍として前線基地を設け、最後の抵抗を続ける隼人達を駆逐した思い出の土地だ。

霜の降りた田畑《でんぱた》には、そこかしこに鶴が舞い降り、落ち穂をついばんでいる。ここ筑紫平野は倭国時代からの米処とあって、毎年、越冬するナベヅルが何万羽と大陸から渡って来る。鶴達を見やりながら、旅人は我と我が身をその鶴達に重ね合わせた。

（まさか、あの鶴達と同じ様に再びこの地に戻って来るとは思いもよらなかった。これも、運命であるのか…）

あの時、徹底した掃討戦を展開したため、さすがに刃向かう隼人は今では皆無だったが、油断はならない。物見遊山よろしく詩歌の一つでも詠う遠出にしたい思いはやまやまだったが、そうもいかないのだ。

ここ朝倉の地は、『魏志倭人伝』に「邪馬台国」という戸数七万余戸の倭国最大の国として描かれている上、女王・卑弥呼の都《と》する処としている。天族《あま》の都として天城《あまぎ》と呼ばれ、安満城、甘木の字を当てる時代もあった。実のところは、卑弥呼は筑前、筑後に睨みを効かせるため、その中間、今、旅人が住まう大宰府政庁のある場所に王城を構えていた。天城のある朝倉の地は、卑弥呼の出身地、という捉え方だった。

（それに…）

と、旅人は思う。

掃討作戦で思い知らされたのだが、まつろわぬ隼人とは言うものの、ここ筑紫に限って言えば、元々は親戚関係にある仲、と言う思いを強くしている。

旅人が生まれる三年前の天智《てんち》元年（六六二年）、九州北部を中心とする「倭国」は、朝鮮半島の友好国・百済《くだら》救済のため、唐・新羅《しらぎ》連合軍と白村江《はくすきのえ》で戦い、大敗した。国自体が弱体化したところを、奈良盆地を中心に力を蓄えてきた〝分家〟の「大和朝廷」が、〝本家〟の「倭国」再興を謳いながら、その実、本家を乗っ取った事が全てだった。この巧妙かつ大胆な乗っ取り作戦を企画立案、実行したのが、天智天皇だった。

天智天皇は中大兄皇子《なかのおおえのおうじ》だった皇極《こうぎょく》四年（六四五年）、中臣鎌足《なかとみのかまたり》と計り、奈良南部・飛鳥板蓋宮《あすかいたふきのみや》で母親である皇極天皇の目の前で親戚筋の実力者、蘇我入鹿《そがのいるか》を誅殺。蘇我本宗家を葬って権力を掌握し、叔父・軽皇子《かるのみこ》を孝徳《こうとく》天皇として推戴している。

ところが、この孝徳天皇が本家・倭国からの百済救援要請に、中大兄皇子の反対を押し切り、積極的に動き出した。前線基地として難波に都を移し、難波長柄豊碕宮《なにわながえのとよさきのみや》を造営したのだ。令和の今現在、大阪城の南の台地にその宮の跡が残されている。

一度は従った中大兄皇子だが、船を仕立てて筑紫、果ては百済にまで乗り出さんとする孝徳天皇を見限り、百官を引き連れ、兵ともどもに飛鳥に引き揚げてしまった。

孝徳天皇は泣く泣く、嫡男の有馬皇子をはじめ家族、近衛兵だけを伴い筑紫を目指した。しかし、本家・倭国にとっては遠路はるばるやって来た分家の一隊ではあったが、援軍にもならなかった。むしろ、お荷物でしかなく、倭国最大の国、邪馬台国のさらに奥、筑後川上流の須《す》川《がわ》に体よく押し込めてしまった。倭国の前線基地・磐瀬行宮《いわせのかりのみや》を設けた玄界灘に面する博多湾岸の娜大津《なのおおつ》から約百里（約五十キロ。唐の一里は約五百メートル）以上も奥まった寂しい里山だ。そこが、朝倉橘広庭宮《あさくらのたちばなのひろにわのみや》と呼ばれる行宮。孝徳天皇は倭国が白村江で大敗する前、この朝倉橘広庭宮で傷心のまま崩御した。

機を見るに敏な中大兄皇子が、この好機を見逃すはずがなかった。孝徳帝の崩御に続く倭国の壊滅的な崩壊を近畿大和政権の全国統一、「日本」創設の絶好機と捉えた。母である宝皇《たからのひめ》女《みこ》（皇極帝）を孝徳帝の後継として何事もなかったかの様に復活させ、斉明《さいめい》天皇として重祚《ちょうそ》させた。

そして、筑紫に赴いたのは孝徳帝ではなく、近畿大和政権こぞって国難にあたった、という筋書きを描き上げた。

さらに、この物語が正史であることを後々まで残そうと、近畿大和政権の帝紀の作成、日本創設譚を発案。これが、本家・倭国の仕来たり通りの兄弟統治として受け継げられた弟・天武《てんむ》天皇にバトンタッチされ、出来上がったのが、『古事記』、『日本書紀』なのだ。

　旅人は、このあたりの事情を熟知していた。文人、歌人としての旅人を近畿大和政権内で知らない人は無く、ましてや旅人は、倭国の残存勢力を悉く抹殺し去った征隼人持節大将軍その人なのだ。『日本書紀』編纂責任者の舎人親王が、このたびの大宰府政庁再赴任にあたり、いみじくも明らかにした様に、帝紀『日本書紀』作成にも内々に相談を受け、直々に係わっていた。

　白村江で大敗した倭国は最後の力を振り絞り、かつての投馬国《つまこく》の御笠川《みかさがわ》を挟んだ対岸にあった現大宰府政庁地の王都と、伝卑弥呼の出身聖地・邪馬台国の国都・天城《あまぎ》（甘木→朝倉）を、予想される唐・新羅連合軍から守るべく、筑前から築後に抜ける狭隘部で御笠川を堰き止め水城、いわゆるダム、を構築。連合軍がいよいよ迫った時には、その堤防を壊して一気に大水を流し、水攻めで壊滅させる戦略を立てた。

　水城は、長さ六百六十七間（約千二百メートル）、幅二十二間（約四十メートル）、高さ四十三尺（約十三メートル）という異様な大きさを誇るダム型土石建造物。千三百年以上も経つ令和の今も、その遺構は歴然と、ビクともせず残り、ＪＲ鹿児島本線、西鉄天神大牟田線、九州自動車道、国道三号線福岡南バイパス、県道三一、同一一二号線がその巨大なダム堤防を突き切る様に、御笠川に沿って集中して走っている。

さらに、その狭隘部の北側の山の上に大野城、南側の山の上に基肄《きい》城を増設。水城を突破された場合は、挟撃作戦でその侵攻を食い止めようとした。

唐・新羅連合軍迎撃の準備は整ったが、倭国はこの大掛かりな準備で残った全ての力を使い果たし、国力は急速に衰え、無傷のまま勢力を温存した天智天皇の近畿大和政権は易々と本家乗っ取りに成功したのだ。

朝倉に赴いた旅人の最初の仕事は、朝倉橘広庭宮に残る孝徳天皇の痕跡を綺麗に消し去ることだった。既に出来上がっている近畿大和政権の正史、『日本書紀』では、この宮で崩御したのは斉明天皇になっている。

中大兄皇子が母である斉明天皇を、わざわざ奈良・飛鳥の地から連れ出し、はるか九州北部の、それも博多湾から当時の唐の里程で約百里もある山あいの里山に鎮座させるはずがない。叔父の孝徳帝が、飛鳥から生駒、葛城の山一つ越えた難波に遷都しただけで猛反対し、百官と語らって飛鳥に引き揚げたというのにだ。

いくら、唐・新羅連合軍迎撃のためとはいえ、これでは疑義を挟まれるのはミエミエ。移動手段の発達した現代感覚で当時に思いを馳せてはいけない。

『日本書紀』には、この宮を造営する際、朝倉神社の木を切ったので、宮殿が壊れたり、鬼火が出たり、宮中で亡くなる者が多く、果ては斉明天皇まで崩御した、と記されている。劇的な事象を散りばめて、孝徳帝の死を薄めてしまおうという手の込んだ物語だ、と旅人も感心したものだ。

しかし、それだけに旅人も手の込んだ物語を用意しなければならなかった。なにしろ、わずか七十年ほど前の史実。朝倉の住人にもまだまだ記憶に新しい事柄だ。

孝徳帝が埋葬された御殿山を斉明帝の殯《もが》りの宮とし、中大兄皇子がわざわざ母・斉明帝のために喪に服した、と言う木の丸殿を設け、物語と史実の整合性を着々と推し進めた。

令和の今思えば、余りにも行き過ぎた行動だが、旅人が大宰帥の勅命を受けた際、同座した長屋王が厳しい目付きで述べた様に、この日本に二つの歴史が存在してはいけない。万世一系でなくてはならない。

（これこそ、天武天皇が述べたという『古事記』の序文にある「削偽定実」、偽りを削り事実を定めて子孫に残そう、という趣旨ではないか）

旅人は、長屋王の言葉を今一度反芻するのだった。

日本が手本とした中国の様に、その実態はともかく、穏やかな〝禅譲〟という形を取り、歴史を繋いで行けば簡単だったが、近畿大和政権はその方法を取らなかった。万世一系を取った。筆者が思うに、本家・倭国の存亡の際、うやむやの内に本家を乗っ取った後ろめたさが働いたのではないか。

福岡県南部、八女《やめ》市に岩戸山《いわとやま》古墳が在り、筑紫君磐井《つくしのきみいわい》の墓と言われている。磐井は近畿大和政権に叛き、継体《けいたい》二十二年（五二八年）、物部大連麁鹿火《もののべおおむらじあらかひ》に滅ぼされた、と『日本書紀』は伝える。『筑後風土記』には、その凄まじさが残されている、と古代史研究家の古田武彦氏はその著、「失われた九州王朝」（朝日文庫）で詳しく述べている。

曰く、古老が伝えるには、上妻県《かみつやめのあがた》にある磐井の墳墓には衙頭《がとう》という政所《まんどころ》を模した区画、裁判の様子を石像で現わした先進の区画がある。磐井が生前に造った物だが、その石像、石人まで手を撃ち折り、石馬の頭までも打ち堕とされた。上妻県では篤疾多く有りき…。

まつろわぬ隼人を一掃するとは、そういうことなのだ。石像さえも無残に壊され、篤疾、手足を失った重篤者が後々の世まで残ったのだ。

孝徳帝が嫡男・有馬皇子を伴っての西下であったことも、中大兄皇子には幸いした。有馬皇子＝中大兄皇子の重なりを充分に利用している。有馬皇子は中大兄皇子にとっては、紛れもない従兄弟。既に『日本書紀』では、有馬皇子に謀反の罪を着せ、紀州・牟婁《むろう》（白浜）の湯に誘い出し、磐代《いわしろ》の地で処刑したことにしている。中大兄皇子らしいが、後ろで糸を引いている中臣鎌足（藤原鎌足）の影が散らつく。

旅人は、木の丸殿の完成を見て、ようやく和歌を詠う気になった。一仕事を終えたつかの間の休息が、旅人の歌心を刺激したのだろう。

・朝倉や　木の丸殿に　我おれば　名のりをしつつ　行くは誰が子ぞ

新古今集に収録された天智天皇の御歌とされているが、実はこの時、旅人が作り、天智帝の御歌として広めたものだ。そもそも、この物語では天智帝はこの朝倉の地には来てはいない。

文字として後世に残る物は強い。その証明。中国の初代皇帝・秦《しん》の始皇帝《しこうてい》が思想弾圧の一手として行った「焚書坑儒《ふんしょこうじゅ》」の「焚書」は、儒者を生き埋めにした（＝坑儒）だけでは飽き足らず、その儒教の教えの書物を全て灰塵に帰した。

この日本でも、天智帝である若き日の中大兄皇子は、蘇我蝦夷《そがのえみし》、入鹿《いるか》の親子を滅ぼした際、聖徳太子の命で作成されたという「天皇記」、「国記」等を燃やした。それを蝦夷が燃やした、わずか「国記」だけをすんでで取り出してなんとか難を免れた、と全ての悪行を蘇我氏になすりつけたが、消し去りたい過去の遺物、遺産は現政権では厄介な代物だ。ことに、書き残された書物の類いは…

・熟田津《にきたつ》に　船乗りせむと　月待てば　潮もかなひぬ　今は漕ぎ出でな

西下した斉明帝に同行した額田王《ぬかたのおおきみ》が伊予の熟田津・石湯行宮《いわゆのかりみや》（道後温泉）で詠んだ御歌とされているが、実はこの有名な御歌も旅人の妻女・丹比郎女が西下の折に詠み、旅人が選者の一人の権限として万葉集に採用したものだ。

「所詮、歴史というものは時の権力者の思うがまま都合よく作られ、記録されていくものなのだ…」

それだけに、旅人は焚書、改竄《かいざん》には力を入れた。北部九州に残る「倭国」の国記である旧記、和歌の類いを選りすぐり、「倭国」の臭いが残る書物は悉く焼いた。『続日本紀』が伝える〝禁書〟と言われる類いを一掃したのだ。

さらに旅人は、中大兄皇子が母親・斎明帝の供養のため発願《ほつがん》した、として大宰府の東側に観《かん》世音寺《ぜおんじ》を建立することを思い付いた。観世音寺は旅人の死後、天平十八年（七四六年）に完成。その梵鐘は日本最古とされ、令和の今現在、国宝に指定されている。

旅人の渾身の働きで、『日本書紀』に記された諸々の出来事がさも事実であったかの様に着々と装われていった。

旅人は満足だった。手始めの朝倉での首尾が上々とあって、ひとときの安息をも得ていた。大宰府政庁の庭には、まだ日本では珍しい梅の木がそこかしこに植えられている。ふくよかに香る梅の花は、前王朝・倭国の貴人達が愛し、国中に植林していた。奈良の都では、ほとんど見かけず、旅人は圧倒的な量の梅の花と香りにうっとりさせられた。

「梅の花の香りというものは、何と心休まるもので御座いましょう。これほどとは、思いませなんだ。ゆったりと新しい春を迎える時にこそ相応しい花で御座いますねえ」

妻女の丹比郎女もそんな事を言いながら、初めての筑紫の春を満喫しているかの様に見えた。

ところが、季節の変わり目で風邪を召したか、咳が止まらず、床に臥せたと思ったら、高熱にうなされ、呆気なくあの世に旅立ってしまった。奈良の都を離れ、慣れない最果ての筑紫での生活が、知らず知らずのうちに命を縮めてしまったのだろう。

「本当は、奈良の都で一生を終えとう御座いました。でも、ここ筑紫は貴方様の第二の故郷。香しい梅の花の香りもたっぷりとご馳走になりましたし、良き冥土の土産となりました。筑紫に連れて来てもらったことを感謝申し上げます」

梅の花を一輪持って病床を見舞った旅人に、丹比郎女は微笑みさえ返したものだ。しかし、何と言っても心残りは幼子達の事。一つの提案を申し出た。

「出来ましたら、貴方様の御妹様、坂上郎女《さかのうえのいらつめ》様を都から呼び寄せ、母親代わりとして頂けないでしょうか? 御妹様も都下りは不本意では御座いましょうが、我々の西下の折には、西国の暮らしも面白そうで御座いますね、と悪戯っぽく笑っておいででした。どうか、この願いを御妹様に伝え、御意向をお尋ね下さりませ。畏れ多い事では御座いますが、幼子達は貴方様に似て、ほんに利発に育ってくれました。母親としてこれほど嬉しく、誇りに思える事は御座いません。本当に有難う御座いました」

覚悟はしていたものの、移り住んで一年も経たない余りにも早い妻の死に、旅人は大きな衝撃を受けた。朝倉に続いて、博多湾岸に残る倭国の歴史を一つ一つ消していく仕事が残っていたが、その年はもう何もする気がしなかった。ただ、三人の幼子達のために丹比郎女の遺言通り、妹の坂上郎女を奈良の都から呼び寄せた。

「中納言様、御気持ちは御察し申し上げます。我には何も出来ませぬが、せめて拙歌にて御慰めさせて頂きとう御座います」

筑前の国司として赴任している山上憶良《やまのうえのおくら》から挽歌を贈られたのは、そんな時だった。

・春されば　まづ咲く宿の　梅の花　獨《ひと》り見つつや　はる日暮らさむ（山上憶良）

都の歌人仲間、小野老《おののおゆ》も部下の大宰少弐《だざいのしょうに》として赴任してきた。小野は奈良の都の香りを旅人に届けてくれた。

・あおによし　寧楽《なら》の京師《みやこ》は　咲く花の　薫《にお》ふがごとく　今さかりなり（小野老）

傷心の旅人にとって、歌の仲間が少しずつ集まってきたことは大きな慰め、励みとなった。返歌ではないが、御礼の歌を返した。

・橘の　花散る里の　霍公鳥《ほととぎす》　片恋しつつ　鳴く日しぞ多き

・世の中は　空しきものと　知る時し　いよいよますます　悲しかりけり

徐々に気持ちも癒えたその年、神亀五年（七二八年）の晩秋、旅人は小野老を従え、思い切って香椎宮《かしいのみや》（『日本書紀』では橿日宮《かしひのみや》）への遠出を敢行した。ここ香椎宮は十四代仲哀《ちゅうあい》天皇が熊襲を討つために神功皇后《じんぐうこうごう》を伴って西下。神懸かった神功皇后の新羅を討て、という託宣に従わなかったため、この行宮で命を落とした、とされる。従って、ここは元々、仲哀帝の廟《びょう》、橿日廟と言われた。

しかし、大和政権の中では筑紫を一番知っていると自負する旅人には、その辺のからくりは充分分かっている。仲哀天皇はここ香椎を王都としていた倭国の何代目かの王で、豊前・宇佐の国の〝現地皇后〟として神功皇后を娶っていた。その庶子の応神《おうじん》天皇が本願地の宇佐から大和に攻め入り、大和政権の本流筋、忍熊王《おしくまのみこ》・香坂王《かごさかのみこ》兄弟を葬り、難波の地に都を築いたのだ。全国八幡社の総元締め、宇佐神宮の祭神は、倭国の始祖王・卑弥呼と応神天皇、そしてその応神帝の母・神功皇后という事が、そのからくりを言わず語りに物語っている。神功皇后の三韓（新羅、百済、高句麗）征伐譚は、応神天皇を本家・倭国の正統な血筋とする粉飾の一つなのだ。

近畿大和政権内で、この筑紫の地で崩御した天皇は、仲哀帝と斉明帝の二人だけ。斉明帝は孝徳帝の入れ替わりだが、何故、二人が筑紫の地で亡くならなければいけなかったのか。その異例さが自ずとからくりの存在を証明してしまっている。

「それが、勝利者の歴史というものだ…」

と、旅人はため息をついた。

何度も自らに言い聞かせ、納得させた台詞を、この時も独り言のように口にした。もちろん、この地が倭国の王都の一つだった痕跡を悉く抹消し去り、あくまでも仲哀帝の行宮であることを印象付ける工作を念の為に行った。

元々、〝倭国の国記〟にあった物語を近畿大和政権の国記、『日本書紀』に拝借、取り入れた張本人は旅人だったかもしれない。

現在、香椎宮の裏手の小山には、「仲哀天皇大本営御舊蹟《ごきゅうせき》」という金色文字も鮮やかな石碑が建てられている。

歌も作った。

・いざ子ども　香椎の潟に　白栲《しろたえ》の　袖さへ濡れて　朝菜摘みてむ

小野老も追従した。

・時たつ風　吹くべくなりぬ　香椎潟　潮干の浦に　玉藻刈りてなむ（小野老）

博多湾に臨む香椎潟は、多々良川、宇美川の河口に位置し、志賀島へ続く海の中道と言う砂嘴に抱かれ、遠浅の浜が続く。後年、ここには名島《なじま》城が築かれ、豊臣秀吉は朝鮮出兵の出城とし、淀君を招いた。慶長七年（一六〇二年）、黒田長政が名島城の西南の地、福崎に現在の福岡城を築き、香椎・名島の繁栄はすたれたが、古代の要衝だった事がよく分かる。

旅人が香椎宮に参詣して以来、任命された大宰帥はこの宮社を参拝し、神功皇后由来の神木・綾杉の葉を冠に差してもらう事が慣例となった、と言う。

旅人にとって、その香椎の浜で遊ぶ子供達が母に先立たれた自らの三人の幼子達に重なり合う。旅人は、大宰府に残してきた子供達に思いを馳せながら涙を流した。目の前には、香椎の浜から西へグルリと回って延びる砂嘴と、その先には志賀島が見える。

「中納言様、ここ筑紫ほど風光明媚な処は御座いません。一仕事、終えた暁には思う存分、和歌をお作り下さい。国司の山上憶良様も御来庁の折には、必ず御進言申し上げておりますでは御座いませんか。我もまた楽しみにしております」

小野老は事あるごとに、山上憶良の名前を出し、歌会を勧めている。都からの西下、妻の死、任務の複雑さ…。直属の部下として、小野老は旅人の苦悩の深さが理解出来るのだった。

「そうよのう。皆を集めて都では出来ない大掛かりな歌会を催そうかのう。考えておこう」

（その前に、もう一ヶ所、出向かなければならない土地がある）

と、旅人は後の言葉を飲み込んだ。

大伴の出自と関連しているかも知れぬ松浦《まつら》だ。松浦は、『魏志倭人伝』に「末盧国《まつろ》」と書かれている。大陸、朝鮮半島から倭国に、倭国から朝鮮半島、大陸に向かう外港、呼子《よぶこ》を持つ古代の重要拠点なのだ。旅人は、前回、征隼人持節大将軍として赴任した際、大方の下調べは終えている。その折に、

（そうあって欲しい）

と、思った事があった。大伴狭手彦《おおとものさでひこ》と佐用姫《さよひめ》の悲恋に関連する物語だ。

この時から、約二百年前の宣化二年（五三七年）、大伴狭手彦は新羅の任那侵攻に際して、任那・百済救済に派遣された。その渡海直前、この地、末盧で篠原の長者の娘、佐用姫と恋に落ち、一男をもうけている。佐用姫は鏡山から領巾《ひれ》を振って狭手彦との別れを惜しみ、形見の鏡を川に落としたり、狭手彦を追って呼子、果ては加部島《かべじま》まで渡り、ついには石になった、湖に消えてしまった、と言う伝説を残しているのだ。鏡山は以後、領巾振山《ひれふりやま》と呼ばれる様になった、と言う。狭手彦は、欽明二十三年（五六二年）にも高句麗に出征。この松浦に確かな足跡を残している。

その狭手彦が、先祖だという確証はないが、天孫降臨の主役、瓊瓊杵尊に付き従った天忍日命を遠祖とする大伴家の直系を自負する旅人には、他人事とは思えない一族のエピソードに映っていた。

「狭手彦は、本家・倭国の大将軍であった。それを、あたかも大和朝廷の一武将であったか

の様に記紀では書き換えたが、元々は由緒正しき末盧国の王であったのではないか、と我は思う。倭国の分家である大和政権の一大宰帥としては、自らの本願地が末盧国であり、先祖がその国を治めた王である事の持つ意味は大きい。我が大伴家の誇りでもあるからのう」

大好きな安、安満村の酒を酌み交わしながら、小野老に話し聞かせたのはつい最近の事だ。

「中納言様は、そこまでもお調べになりましたか。さすがで御座います。畏れ多い事では御座いますが、確かに大王《おおきみ》の大和朝廷は倭国の分家で御座いましょう。であるからこそ、記紀では倭国の分家である事を包み隠さず、逆に誇り高く宣言させているのだとご推測致しております。手前どものご先祖様はしかとは分かりませぬが、中納言様のお家柄は瓊瓊杵尊以来の名家。恐らくは、その通りで御座いましょう。松浦にお出掛けの節は、是非ともお供を賜りたくお願い申し上げます」

米どころ筑後の特産である美酒の心地好い酔いに任せた小野老の追従は、追従とは思えないほど旅人の心を和ませた。

旅人は小野老の言葉に、歌で返した。

・君がため　醸《かも》みし待酒　安の野に　ひとりや飲まむ　友なしにして

安の野は、一時期、倭国の王城があった天城（甘木）の地。天照大神に比定される卑弥呼が生まれ育った豊穣の故地だ。征隼人持節大将軍として赴任した時も、今回も着任早々、徹底的に破壊し尽くし、〝古都〟の面影すら残っていないが、「友」という言葉の中に多くの意味を含んでいる。

目の前に控える大宰少弐の小野老は勿論だが、同じルーツを持つ倭国の仲間、親族への鎮魂の意味合いもあるのだ。大宰府政庁から奈良の都に帰る官人を見送る送別の歌とされているが、文武両道に抜きん出たこの時の旅人にしか作れない歌だ。

天平二年（七三〇年）旧暦春如月二月、大宰府政庁は華やかな人々で埋め尽くされた。筑前の国司・山上憶良の提案による、「梅花《ばいか》の宴《うたげ》」が催されたのだ。紅梅、白梅が咲き始め、ふくよかな香りが大宰府一円を覆い尽くし始めていた。もちろん、主役は大宰帥、中納言・大伴旅人だ。

実のところ、旅人はこの歌会の前に、大伴家の本願地と思われる松浦に行っておきたかった。しかし、憶良の度重なる勧めに、

「では、先ずは…」

と、なったのだ。

この前年の天平元年（七二九年）、親しくしていた長屋王が官人への綱紀粛正強化の反発を受け自刃。「長屋王様への追悼と気晴らしには、歌会が一番で御座いましょう」と言う憶良の

勧めが、旅人には何よりの動機となった。

旅人は長屋王の自刃の際、歌会仲間の藤原房前に追悼の歌を贈っていた。藤原房前は、この時より十年前の養老四年（七二〇年）に亡くなった正一位太政大臣・藤原不比等の二男で、長屋王失脚を謀った藤原四兄弟の一人だったが、四人の中では一番長屋王に理解があり、長屋王追放劇には反対していた。

・わか苑に　梅の花散る　ひさかたの　天より雪の　流れ来るかも

今や旅人にとっては、大宰府は我が家そのものだった。最愛の妻・丹比郎女はこの地であっけなく他界したが、子供達に囲まれ、歌会仲間が集い、奈良の都に勝るとも劣らぬ〝都〟ではあった。奈良・佐保の暮らしは懐かしいが、ここ大宰府は終《つい》の棲家《すみか》として申し分がない。

・やすみしし　我が大王の　食す国は　大和もここも　同じとぞ思ふ

こんな和歌が自然と口に出るほどであった。次々と妻も愛した梅の花の歌を作った。これだけの圧倒的な梅の花に囲まれての歌会は、奈良の都では間違いなく出来ない。梅の花の都、大宰府ならではの催しだった。

宴は昼夜を通して行われた。特に寒空の元、篝火を焚き、令月を見上げながらの和らいだひと時が、旅人の心を癒した。

筑前の国司・山上憶良も、直属の部下の大宰少弐・小野老も渾身の歌をこれでもかとしたためた。幼子達の養育係として西下させた坂上郎女も才能を発揮。幾つもの歌を詠んで、旅人を喜ばせた。

今現在の「令和」という元号は、この時の模様をまとめた『万葉集』の序文から採択されたことは、記憶に新しい。『万葉集』の選者に名を連ねる旅人も驚き、喜んでいるだろう。

「梅花の宴」は、大成功だった。

天平二年（七三〇年）初夏、旅人はやっと念願の松浦に足を延ばした。大伴狭手彦と佐用姫の故事が色濃く残る領巾振山と、その山裾を流れる松浦川を念入りに歩いた。筑前の国司・山上憶良と大宰少弐・小野老も旅人に従った。

「倭人伝に御座います様に、昔はこの辺りは草木茫々、前を行く人さえも見えなかったそうで御座いますが、すっかり綺麗に整備されておりますね。これも、狭手彦効果で御座いましょうや」

小野老の言葉を待つまでもなく、松浦川の両岸は稲の緑が覆い尽くし、豊かな田園風景が展開している。目の前に大きな松浦湾が広がり、左手は朝鮮半島に渡る呼子に続き、右手にはかすかに伊都・志摩の筑紫富士・可也山《かやさん》が望める。松浦川では鮎釣りの真っ盛りの季節を迎えていた。老若男女、入り乱れて鮎捕りに夢中になっている。

旅人には、この地こそ大伴家の本願地である確信が更に沸いてきた。和歌も次々に口をついて出た。

・遠つ人　松浦佐用姫　夫恋ひに　領巾振りしより　負へる山の名

佐用姫は、幼子の手を引いて領巾振山に登り、力一杯領巾を振った。またある時は、呼子にまで出掛け、出征する狭手彦を見送った。羽衣伝説、浦島伝説と共に、奈良の都にまで聞こえた悲恋物語ではあるが、全て海に関する物語であることが、逆に海を持たない奈良の都人を熱くさせるのだろう。

気持ち良さそうな流れに足を浸したくなり、旅人は馬を降りた。その瞬間、右足に激痛が走った。

（足を捻ったか…）

と、顔はしかめたが、あまり気にはしなかった。流れの冷たさが痛さをすぐに和らげてくれたからだ。

「何と気持ち良いことか。皆も火照った足を癒すがよい」

旅人の誘いに、山上憶良も小野老も先を争って流れに足をつけた。あまりの冷たさに、最初は奇声を上げていたが、慣れるにつれ、ため息が漏れた。

「ほんに、これは無上の幸せで御座いますね。アレッ、鮎が足を突っつきますぞ」

憶良は子供の様に、声を上げた。

「筑前様の御足は、殊のほか美味しゅうので御座いましょう。いつも御優しい御歌をお作りになられますから」

老もありったけの追従ではしゃぎ、流れに足を任せたものだ。

旅人は松浦を満喫した。朝廷から指示された〝辻褄合わせ〟も殊の外、上手くいき、更に大伴の本願地と思われる松浦にも足を運んだ。もう思い残すものは何も無い様に思われた。

肩の荷が下りたとたんのスキを突いた様に、病魔が旅人を襲った。脚気《かっけ》だ。松浦で下馬した際に激痛が走ったが、その直後、松浦川の清らかな流れに足を浸したため、すっかり忘れていたが、大宰府に戻ったとたん痛みがぶり返し、旅人を苦しめた。この当時、脚気は死に至る難病だった。

「旅人、倒れる」、の報は、奈良の都に瞬く間に届き、聖武天皇はわざわざ勅使を派遣して、平癒を願う騒ぎとなった。何しろ、旅人は近畿大和政権の〝歴史〟を名実共に作り上げた陰の功労者なのだ。

旅人は覚悟を決めた。第二の故郷とも言えるここ大宰府で命を終えるのも悪くない。妻の丹比郎女の最期もここで看取った。それに、元々、この筑紫の地は大伴家とも関係のある土地柄。

しかし、そう覚悟を決めると、不思議なことに病は快方に向かって行った。秋には歩けるようになり、嘘の様に体調も良くなった。

「この大宰府政庁とは目と鼻の先に万病に効くと近頃、地元で評判の温泉があるそうで御座います。政庁の官人達もよく浸かりに行っておりますそうで、一度、お試しになっては如何で御座いましょう」

小野老の勧めがきっかけだった。大宰府政庁の南方にある天拝山《てんぱいざん》の麓からお湯が沸き出る様になり、毎日の様にその次田《つぎた》の湯で湯浴みしたのが効果的だったのかも知れない。令和の今現在、この辺りは二日市温泉として福岡県民の憩いの場となっている。

・湯の原に　鳴く葦鶴《あしたづ》は　吾《わ》がごとく　妹《いも》に恋ふれや　時わかず鳴く

その年の秋、旅人に思わぬ朗報が届いた。従二位大納言への昇格と、帰京の勅命だった。何人も成し得ない大仕事を完遂した旅人の大貢献に朝廷が動いたのだ。

大宰府を終の棲家と決めていた旅人にとっては、

（今さら…）

と、言う複雑な思いだった。

しかし、亡父・安麻呂と同じ大納言に叙された喜びはひとしおであった。

その年も押し迫った冬師走、旅人は上京の途に就いた。

・ますらをと　思へるわれや　水くきの　水城のうえに　なみだはむ

三年前、覚悟してくぐった水城の東門。その時、共に筑紫の土に戻ろうと誓った最愛の妻・丹比郎女は、今はもう居ないが、三人の幼子達は大きくなり、元気に育っている。

（まさか、奈良の都に戻る日が来ようとは…）

上京の日、水城の東門まで見送りに出てきた大勢の人達を見やりながら、旅人は世の無常を感じていた。

ただ、心残りは二つあった。一つは、この異様な大きさの水城であり、今一つは拾い集めた膨大な量の和歌の数々だ。

いつの日か、心ある人は二つ共に気付くであろう。

水城については、唐・新羅連合軍を食い止めようとしたこの水城を、博多湾岸から四十里（約二十キロ。唐の一里は約五百メートル）ほどもある内陸に何故、築いたのか。更に、その狭隘部の両側の山の上に砦、大野城と基肄城を築いて何を守ろうとしたのか。

そもそも、奈良の都を守ろうとしたら、取り敢えずは博多湾岸に後年の鎌倉幕府の蒙古襲来の時の様に防塁を築き、瀬戸内海の防備を強固にし、最悪の場合に備え、孝徳天皇が築いた難波長柄豊碕宮を不落城とし、命の絆である大和川、淀川の両川にそれこそ水城を構築すれば良いのだ。

この水城の後ろ、博多湾岸から見てズッと内陸に本当に守らなければならない〝王都〟があった何よりの証拠が、この水城そのものなのだ。

大宰帥《だざいのそち》として赴任し、まず手を付けなければならなかったのがこの水城だったが、異様な大きさを誇る土石建造物を壊し、跡形もなく消し去るのは、一大宰帥には出来ない相談だった。

実は、水城は二段構えになっていて、小水城と呼ばれる方は何とか片付けていた。その小水城の残塁は、令和の今現在も微かに残っている。春日市天神山に残る大土居水城跡と天神山水城跡がそれだ。今、旅人が悔恨にふけっている大水城は大堤と呼ばれていた。

旅人はやり残した〝事業〟に臍《ほぞ》を噛む思いではあったが、この水城があればこそ、本日唯今も大宰府政庁は安全であり、遠朝廷として西海道に君臨出来ているのだ。大宰府を守るためにも今や水城は無くてはならない防塁となっている。新しい歴史を創るための整合性任務だったとはいえ、水城の完全破壊は旅人にも何人にも出来ない大事業であった。

これこそ、無念の内に〝分家〟・近畿大和政権に国を奪われた前王朝、〝本家〟・倭国の、国が存在した証しとする執念であったかも知れない。旅人には、そうとしか思えなかった。

今一つは、夥しい和歌に謳い込められた前王朝、倭国の隠し切れない〝匂い〟だ。国記の場合は、『日本書紀』の様に、「一書では…」と粉飾出来るが、三十一文字《みそひともじ》の世界ではそうはいかない。ほとんどの歌集、和歌は捨て去ったが、捨てるには惜しい傑作が幾つもあった。歌人・旅人にしか分からない苦悩だった。

（佳き和歌は、〝読み人知らず〟として採択するか、近畿大和政権の誰かの作に当てはめるしか道はあるまい…）

〝焚書《ふんしょ》〟の権限は、大宰帥である旅人に与えられていただけに、旅人自身が設けた基準で膨大な量の処理を行った。

幸いなことに、山、川、村落など土地の固有名詞は、神武東遷と共に、筑紫平野の花立山（香具山）を中心に、北部九州のものがゴッソリと近畿大和に持ち込まれている。安満村（邪馬台国）を軸としてまとまっていた北部九州倭国三十カ国邪馬台国連合の末裔、分家を自負する純真な思いが、そうさせたのだろう。

北部九州と近畿大和の類似地名は、既に昭和二十四年（一九四九年）、民族社会学の研究者・村山節が、『日本民族社会史』で指摘（朝日文庫『邪馬台国』）。文学博士の安本美典もその著、『邪馬台国論争に決着がついた！』（ＪＩＣＣ出版局）に於いて、一ヶ所一ヶ所、地勢を描いて克明に実証している。これは、地名学者の鏡味完二が『日本の地名』（角川書店）で、位置や地形が一致している、その基因は民団の大きな移動に求めようと考える、と記している事から引用している。

（例えば…）

と、旅人は思う。

〽天の原　振り放け見れば　春日なる…

で、始まるここ筑紫の御笠山から昇る月を詠ったものと思われる和歌は、そのまま奈良の都・平城京から東大寺の先にある三笠山（若草山）を見た情景にピタリと当てはまる。旅人の奈良の都・佐保の自邸も、その同一線上、佐保川のほとりにあるだけに、その情景は手に取る様に分かる。

それほど、似かよっている。大宰府に長く居ると、同じ筑紫・春日《かすが》の地から見た宝満山《ほうまんざん》（標高八二九・六メートル）と満月を愛でた歌であることは容易に想像がつく。宝満山は、その丸い笠の様な山容を称して、倭国の時代から御笠山《みかさやま》、竈門山《かまどやま》とも呼ばれていた。北部九州では、英彦山《ひこさん》（一二〇〇メートル）、背振山《せぶりやま》（一〇五四・八メートル）と並ぶ山岳信仰の霊峰だ。

その御笠山から北西方向、博多湾に流れ出る川を御笠川と言い、ほぼ南に筑後川へ合流、有明海へ流れ落ちる川を宝満川と言う、と旅人は聞いている。大宰府は、筑前と筑後を分ける分水嶺の上に出来た珍しい土地である事も教えられた。

あるいは、春日の地から宝満山を見ると、左手に頭巾山《とっきんざん》（九〇一メートル）、三郡山《さんぐんざん》（九三五・九

《メートル》）と標高の高い山が続き、丁度、笠が三つ、ポコポコポコと見える事からこれらの山容を総称して三笠の山、三笠山と詠んだのかも知れない。

どちらにせよ、奈良の都の大和で詠んでも、ここ大宰府で詠んでも、更に言えば誰が詠んでも違和感がない。

（この和歌を残したのは、倭国の貴人か、それとも名も無き歌人か…。焚書するには余りにも惜しい作品だ。奈良の都の誰かの歌としていつ何時までも残したいものだ…）

旅人は、そう自分に言い聞かせ、水城の東門から少し下った春日の地の辺りで、御簾の小窓を開けた。そして、水城の更に遠方の特徴的な三つの山容を振り仰いだ。

令和の今現在、この三つの山々を繋ぐ道は、九州自然歩道として整備され、ハイカー達の憩いの場として愛されている。特に三郡山はこの山並みの最高峰で、山頂は国交省等のレーダーが立ち並び、福岡空港から南風に向かって飛び立つ飛行機は、そのレーダー群の上を目標にジェット・エンジンを吹かして行く。

要するに、倭国の時代も、旅人の時代も、そして現在も、これら三つの山々は筑紫のランドマークと言って良いのだ。

「父上、大宰府が名残惜しゅう御座います。本当に素晴らしく、思い出深い土地となりました」

嫡男・大伴家持の声に、旅人は我に返った。家持は驚くほど立派になった。大宰府での自然豊かな、三年間の生活が、天賦の才を更に育んだであろうことは間違いなかった。梅の花の香りの中で最愛の母を亡くしたが、才覚を見せていた和歌にも鋭い切れ味が加わり、旅人はその成長が頼もしく思えた。

・ここにありて　筑紫や何處《いづち》　白雲の　たなびく山の　方にしあるらし

翌天平三年（七三一年）夏、従二位大納言・大伴宿禰《すくね》旅人は奈良の都、佐保の自邸で家持ら三人の子供達に看取られ、静かに永遠の眠りに就いた。佐保川の清らかなせせらぎの音と流れに優しく洗われ、身を任せたかの様に、その顔は人生を全うした喜びに溢れていた、と言う。六十六歳であった。

第五章　《振り放《さ》け見れば》

福岡・春日市の日拝塚古墳は、春分、秋分の日に真東の大根地山から朝日が昇る。古代人からの伝言、メッセージだ。（提供・廣田清貴）

《振り放け見れば》

国見《くにみ》稚子《わかこ》は、夢を見ていた。今、山の頂上から朝日が顔を出し、辺り一面を照らし始めた。眩しい！　出雲の稲佐の浜、ではない。波の音は聞こえない。

太陽が昇る笠の様な丸～るい山の左手にも笠の形をした高い山が見え、そのまた左に二つの高い山が見える。三つの山は、順番に高くなり、朝日が昇る山を優しく見下ろしているかの様だ。

（ここは何処だろう…）

足の裏がいやに冷たい。稚子は、足

元を見る。

(エッ、何⁉ 裸足⁉)

稚子は、裸足で地面に立っていた。土の色は紅色。赤土《あかつち》だ。ゆっくりと周りを見渡す。こんもりとした盛り土の上に立っている様だ。

稚子は、すぐに気が付いた。

(これって、前方後円墳?)

稚子は、前方後円墳の前方部に立っていた。およそ、三《メートル》ほどの高さ。二階建ての住居から見た風景と変わらない。その前方後円墳の後円部の真っ直ぐ延長線上の遥か彼方に、丸〜るい笠の様な山があり、その山から朝日が昇っている。

そして、ギョッとした。稚子は、身に覚えのない白い貫頭衣を着け、同じく真っ白い光沢のあるシルクの衣を羽織っている。

首が重い。ソッと手で触ってみる。何と、エメラルド・グリーンも鮮やかな、乳呑児の手の平ほどもある大きな翡翠の勾玉がぶら下がっている。

(何、どういうこと?)

頭も何となく重く、鬱陶しい。両手を添える。何かが触った。ティアラだ。そのティアラを外してみて、稚子は息を呑んだ。

ティアラは黄金色に輝き、色とりどりのガラス玉と翡翠で飾られていた。素晴らしい! 化粧品メーカーのビューティー・スタッフの研修生としてデパートで働いた事があるが、同じフロアにあった高級海外ブランドの宝飾店にも、こんな煌びやかなティアラはなかった。

（そういえば…）

と、違和感を感じる耳たぶにも手をやった。黄金の耳飾り、イヤリングだった。垂れ下がる先の方が二股に分かれ、木の葉をあしらった様な精巧なデザイン。

（何が、どうなっているの？）

稚子は、眩しい朝日に手をかざし、太陽を背にした笠の様な丸～るい山を見た。

（何という荘厳な風景だろう!!）

稚子は、無意識に両腕を頭上に伸ばし、空に向かって思い切り背伸びをした。その瞬間、足元からどよめきが起こった。

「アマテラス・ヒメミコ様！」

どよめきに驚いて視線を下げると、いつの間にか粗末な貫頭衣を身にまとった夥しい群衆が稚子に額ずき、口々に、「アマテラス・ヒメミコ様」、「あまのはらのひめみこさま」と声を上げている。

（エッ、天照大神が居るの？　卑弥呼も居るの？）

稚子は、思わず振り返り、自分の後ろを見、周りを見た。

額ずく群衆以外に、誰も居ない。前方後円墳の後円部が朝日に輝き、稚子が立つ前方部より少し高い五メートルほどの頭頂に置かれた丸い鏡が、日光を反射して眩しい。

（と、言う事は、私がアマテラスなの？　この私がヒメミコ、卑弥呼なの？　どうして？）

稚子は、訳が分からなくなり、目を閉じた。朝日と、それを反射する鏡が眩しかったからもある。

……。

「当機は、間もなく福岡空港に着陸致します。お使いのお座席を元の位置に戻し、シートベルトをしっかりとお締め下さい。アテンションプリーズ…」

ＣＡの機内アナウンスの声に、稚子はハッとして目を開けた。

（何だ、夢か…。もうすぐ福岡なのね。二時間なんて、アッと言う間ね。それにしても、リアルな夢だったわ。私が天照大神、卑弥呼？　有り得ない、有り得ない！）

稚子は、苦笑いを浮かべて機窓から外を見た。宅畠武彦《たくはたたけひこ》との〝邪馬台国比定地探し〟の約束通り、東京・羽田からＪＡＬ、日本航空三一七便羽田発十二時十分の福岡行きエアバスＡ三五〇―九〇〇に乗った。この機は、前年からＪＡＬが羽田―福岡線に導入、就航させた三百六十九人乗りの最新鋭機。主翼の先端が跳ね上がり、いかにもスマートな趣で、稚子は一度は乗りたいと思っていた飛行機だ。

（それにしても、どうして宅畠さんは春分の日の今頃、九州の旅に誘ってくれたのだろう。梅の花の季節は過ぎたし、桜にはチョット早い気がするし…。どうせなら、満開の桜の九州に来たかったわ。宅畠さんらしくなく、中途半端…)

エアバスA三五〇―九〇〇は、玄界灘上で大きく左に旋回。稚子はエコノミークラスの後部座席の左側に座っていたため、波立つ玄界灘の波頭が機窓一杯に目の前に飛び込んで来た。

「ヒェー!」

と言う声が、後ろの座席から聞こえ、稚子は思わず、

(チョットしたジェットコースターね)

と、頬を緩めた。

搭乗機は右眼下に志賀島を見て、そのまま博多湾を飛び越え、福岡市街地上空に突入。左手に、着陸する福岡空港を横目に通り過ぎたかと思ったら、春日市上空で再び左に急旋回。波頭どころか、ビルや家屋が機窓一杯に迫り、「ヒェー」の声が再び聞こえた。

福岡空港は玄界灘に面した福岡市街地に在り、滑走路は北西から東南方向に伸びている。このため、離着陸は変則で、南寄りの風が吹いている時は玄界灘から進入、着陸。離陸は海側とは逆の東南方向に、背振山々系と三郡山々系が造る狭隘部目掛けて飛び立つ。

また、北寄りの風が吹いている場合は、海、玄界灘に向かって飛び立つが、着陸は玄界灘から進入。市街地を飛び越えて背振山々系の手前、春日市辺りで左へ急旋回して着陸する。この場合は、計器ではなく手動での着陸となり、パイロットの経験がものを言う事になる。

従って、台風等の接近で北風が強い場合は、春日市上空での急旋回は回避し、背振山々系と

三郡山々系が造る狭隘部を飛び越え、筑紫平野の小郡市辺りにまで南下。そこで旋回して、今来た狭隘部上空から福岡空港滑走路を目指す。

要するに、福岡空港は北の玄界灘方面からの離発着が基本なのだ。

今回の稚子の搭乗機は、北寄りの風が吹いていたため、二度の急旋回が伴った。

到着ロビーを出ると、稚子は真っ直ぐタクシー乗り場に向かった。福岡空港から市内の繁華街に出るには、公共交通機関として地下鉄とバスがあるが、空港そのものが市街地にあるため、車でも十五分ほどで目的地に着く事が出来る。今回も宅畠武彦は、飲食に便利だからと飲食店が密集する歓楽街の中洲にある「エクセル東急」を予約していた。

（福岡にも二日市温泉という温泉街があるけど、あの人のこと、それは無理な相談。ま、あからさまなビジネスホテルではないから良しとするか。でも、きっとシングルルームよね…）

稚子の予想通り、武彦は出雲への旅と同様、シングルを二部屋取っていた。

中洲は、那珂川《なかがわ》の河口付近にある文字通りの中洲に立地する地域で、東側を博多川《はかたがわ》が、西側を那珂川が流れている。「エクセル東急」は那珂川沿いにあった。

「やあ、お疲れ様！　お元気そうで何よりです」

稚子がホテルのロビーに入ると、待っていた武彦が出迎えた。

「お久しぶりです。出雲では何から何まで、お世話になりました。勉強になった事が沢山有り過ぎて、まだ整理が付いてない状態ですわ」

稚子が軽く頭を下げると、武彦は稚子の服装を見て、

「ジーパンにいつものピンクのシャツ。出雲ではスラックスで、ちょっぴりよそ行きファッションでしたが、今回は『鳥名子舞』の時の装いに戻り、やる気満々ですね」

と、冗談を口にした。

「宅畠さんこそデニムのスラックス。何かあったのですか？」

稚子が冗談で返すと、武彦は、

「ハ、ハ、ハッ！」

と、頭をかいた。

「やる気満々です。何てったって邪馬台国の地元ですからね。ところで、福岡は初めてですか？」

「いえ、以前、吉野ケ里遺跡を見に来た時に一泊しました。ついでに、福岡市博物館へ寄り、例の漢委奴国王の金印を見て来ました」

「そうですか。いいとこ取りの旅だったのですね。取り敢えず、チェックインして、ラウンジでコーヒーでも飲んでから出掛けましょう」

「早速、行く所があるのですね？　楽しみ！」

この時、時刻はもう午後三時になっていたが、さすがに福岡は日本列島の西に位置するだけに、微妙な時差があり、東京に比べると日没時間が遅い。武彦は手回し能く、既にレンタカー

を借りていて、ハンドルを西に向けた。

「まず、伊弉諾尊《いざなぎのみこと》、伊弉冉尊《いざなみのみこと》の国生み神話の世界に行ってみましょう」

と、明治通りを走り、左手に福岡城址を見て、黒門橋からよかトピア通りに入った。

「福岡城址は今、舞鶴公園と大濠《おおほり》公園になっていて、舞鶴公園には平和台陸上競技場があります。以前は、プロ野球の西鉄ライオンズの本拠地だった平和台球場もあったのですが、今から側を通る地行浜《じぎょうはま》に福岡ドーム（現、福岡ｐａｙｐａｙドーム）が出来て、平成十一年（一九九九年）に解体されましてね。福岡ドームは現在、福岡ソフトバンク・ホークスの本拠地となっています。でも、平和台球場があった処は、元々、平安時代、いやそれ以前から近畿大和政権の、日本の外交を担った迎賓館である鴻臚館《こうろかん》があった場所で、鴻臚館跡展示館が造られていますよ。平成十六年（二〇〇四年）に国の史跡指定を受けています」

　武彦の福岡観光案内に、助手席の稚子は、

「へェー、そうなのですか…」

と、答え、

「しかし、それにしても宅畠さんは、福岡市の事をよくご存知なのですね」

と、興味を広げた。

「ハハハ、実は出版社に勤めていた時、この福岡に二年ほど赴任していたのですよ。もちろん、単身赴任でしたが。しかし、面白いですよ。地元の人もそうですが、我々、赴任族もここ福岡を福岡と呼ばず、地元愛なのか、博多《はかた》と言うのですよ。メインのＪＲの駅名は博多駅ですが、博多と付くのは福岡市博多区と博多川、博多湾、博多どんたくくらいなもので、福岡空港をはじめ、タワーも博物館もほとんどが福岡。だから、知らない人と話をしていて、福岡、福岡と連呼する人は、福岡県民でない事がすぐ分かる」

「なるほど。福岡、いや博多あるあるですね」

車はやがて、地行浜の福岡ドーム、百道浜《ももちはま》の福岡市博物館、福岡タワーを右手に見て、室見《むろみ》川《がわ》を渡り、愛宕《あたご》浜へ。さらに、名柄《ながら》川を越えると突き当りが目的地の小戸《おど》公園だった。武彦は、その駐車場に車を停め、

「ここが小戸公園、ここから少し散策です。驚きの光景が展開しますよ」

と、稚子に期待を持たせた。

左手に福岡市立のヨットハーバーがあり、その先には今津《いまづ》湾が広がっていた。

「素敵ですね。アッ、海の向こうに富士山の様な円錐形の山が見えますよ。綺麗！」

稚子の問いに、武彦はアッサリと答えた。

「気付きましたか。あれは、糸島にある可也山《かやさん》。筑紫富士とも、糸島富士とも言われている、この博多のランドマークですね。糸島の糸は、『魏志倭人伝』の言う伊都《いと》国に比定されている事はご存知ですよね。大陸、朝鮮半島から海を渡って、倭国に来た人達はあの可也山を目指してやって来たと思います。標高三六五《メートル》しかありませんが、何処からでもよく目に入る目

立つ山ですから」

「という事は、もしかして、宅畠さんの仮説では、あの山が『日本書紀』に言う瓊瓊杵尊《ににぎのみこと》が天下ったという日向《ひむか》の高千穂の、槵日《くしひ》の二上《ふたかみ》の峯、ですかね？」

「そうかも分かりません。私はそうではないか、と思っています。末盧国《まつらこく》、今の唐津ですが、そこから伊都国、今の前原《まえばる》市に向かう途中の右手に、その名も二丈岳《にじょうたけ》という標高七一一《メートル》の結構高い山がありますし、状況が似ていますよね。そこは、糸島郡二丈町《にじょうまち》と言って、二丈岳から町名を取っていますから、古くからの山名、地名でしょう。しかし、これと言った確証がないのですよ」

「しかし、考古学では〝地名は歴史の化石〟、と言われていますから、暗示はしていますよね」

「そうなのですが、やはり証明となる物証が出て来ないと、その先へは進めません。考古学と文献史学の摺り合わせ、早い話、裏取りが何よりなのですから」

二人は話しながら、右手の神社に入った。小戸大明神、とあった。

「ここに、この神社の由緒書きがありますから、読んで下さい」

武彦の手引きで稚子は、由緒書きが書かれた標識の前に立った。

「なるほど…。最後に、〈全国の神社で奏上されております祓詞《はらえのりと》の中に小戸の地名が入っております〉とありますね。その小戸というのはここですよ、と教えてくれていますね」

稚子のさすがの目の付け所に、武彦は相槌を打つ様に、

「教えてくれている、というより宣言しているのですよ。ここが、あの伊弉諾尊《いざなぎのみこと》が伊弉冉《いざなみの》尊《みこと》の黄泉《よみ》の国から帰った時、禊《みそ》ぎ祓《ばら》いをし、天照大神らを誕生させたそもそもの土地ですよ、とね」

『日本書紀』には、黄泉の国から帰った伊弉諾尊が禊ぎ祓いをした理由、場所、部分、結果が詳細に記されている。それによると、伊弉諾尊は酷く悔い、体を清めたと言う。

「私は酷く汚い処に行って来た。体の汚れた所を洗い流そう」

と、

〈筑紫の日向《ひむか》の川の落ち口の、橘の檍《あわき》原に行かれ、禊ぎ祓いをされた〉

と、言う。

そして、左目を洗うと、「天照大神《あまてらすおおみかみ》」が生まれ、右目を洗うと、「月読尊《つくよみのみこと》」が生まれ、鼻を洗うと、「素戔嗚尊《すさのおのみこと》」が生まれた。天照大神には高天原を、月読尊には青海原の潮流を、素戔嗚尊には天下を治める事を申し渡した。

「『日本書紀』に言う筑紫の日向の檍原、というのが何処なのか、諸説ありますが、この小戸大明神の由緒書きを読むと、貴方が立っているまさにここですよ、と言う事ですね」

稚子は、『日本書紀』ならお任せ、とばかりに俄然、饒舌になってきた。

「伊弉諾尊の話ではありませんが、後代の、伊弉諾尊の曾孫に当たる瓊瓊杵尊が天下った高

千穂の槵触峯《くしふるたけ》も、〈ここは韓国《からくに》に向かい、笠沙《かささ》の御崎《みさき》に真来《まき》通り朝日の直《ただ》刺す国、夕日の日照る国なり〉と、『古事記』に記述されています。時代は変わりますが、古代の人達にとって神聖な場所が、そうアチコチにあるわけがありませんから、私は伊弉諾尊、瓊瓊杵尊共に同じ舞台での説話ではないか、と見ています」

稚子の文献史学から見た一つの仮説に、武彦は我が意を得たかの様に駄目を押した。

「近畿大和政権を樹立した神武天皇が、日向《ひゅうが》の地、宮崎から東征したことを受けて、我々は神武天皇の曾祖父・瓊瓊杵尊が天下った処を、宮崎県の高千穂山系と思い込んでいますが、残念ながらあの高千穂ではないのですね。稚子さんの推察通り、宮崎の高千穂は朝日も夕日も射すでしょうが、韓国には向かっていない。そこを何故、無視するのか私には分からない」

武彦は西洋人がよくする大きなジェスチャーで両手を広げ、肩をすぼめた。稚子は、珍しく感情を露わにする武彦を笑顔で見つめながら、バッグから文庫本サイズの福岡都市図文庫判（昭文社）を取り出した。

「出雲での反省から、地図を買ってきましたのよ。宅畠さんと話をしていると、私の頭の中の地図では覚束ないので、奮発しました」

稚子は通常の地図ではないコンパクト、ポケット・サイズの文庫判をパラパラめくりながら、

「私達が今いる小戸は福岡市西区になるのですね。そして、この地図をよく見るとこの小戸

の岬は、口を開けたゴジラの様に見えますわ」

稚子は、半年前の光景をなぞってクスリと笑った。武彦は出雲の稲佐の浜にあった弁天島をゴジラの口に見立て、その口に夕日をはめ込んでガラ携のシャッターを切っていた。

今、稚子が開いているページに表されている地図は、確かに稚子の言う通りだった。西の今津湾に向かって小さな湾が口を開き、その口の奥に小戸大明神があり、妙見岬と呼ばれる突端が鼻の様に見える。湾の下部は綺麗に整備され、福岡市立のヨットハーバーになっていて、その岸壁と防波堤がゴジラの牙に見えなくもない。

稚子は、手にした文庫判の十五ページを開いて、武彦に見せた。

「本当ですね。弁天島のゴジラより、こちらの方がリアルですねえ。こうして実際に眺めていると分からないけど、この俯瞰した地図を見るとよく分かりますね」

武彦は、その地図とヨットハーバーになっている小さな湾を交互に眺めては、一つ一つ頷きを繰り返した。そして、

「伊弉諾尊が、筑紫の日向の川の落ち口、橘の檍原で禊ぎをした、と『日本書紀』は書いていますが、私はその檍原と言うのは、ここではないかと仮説を立てているのですよ。この地図をよく見て下さい。ゴジラの口になっているこの湾は、ゴジラの鼻に見える妙見岬に抱かれ、今津湾とこの小戸の岬の北に広がる博多湾の荒波が寄せない構造になっていますよね。そういう処は、海水が泡立って澱んだ海面を作りますよね。檍原、と言うのは何の事だか分からない

と言われていますが、泡を起こす海原、で泡起原の事ではないか、と考えてみたのです」

と、稚子を見た。

　すると、稚子は、

「本当だ！　宅畠さん、海面に泡立った処がありますよ」

と、ヨットハーバーの波寄せ際を指差した。湾全体ではないが、稚子が見つけた様に、所々に泡立った海面が見えた。二つの湾から押し寄せる荒波が、ほど良く混ざり中和され、適度な泡を作り上げているのだろう。

「私の仮説の根拠はもう一つありましてね。日向の川の落ち口です。この地図を見て貰えば一目瞭然。十郎川と言う川がヨットハーバーをかすめ、今津湾に流れ込んでいるでしょう。そして、この小戸の岬はその十郎川と名柄川に挟まれ、丁度、三角州の様にも見える。まさに、日向の川の落ち口なのですよ」

　武彦は、そう説明するとニッコリ微笑んで地図を稚子に返した。

「岬の北側に回りましょう」

　武彦は稚子を先導すると、ゴジラの鼻の付け根を横切り、博多湾に出た。北風が一気に二人を押し返す。持って来た薄手の白いシルクのコートが役に立った、と稚子は思った。

「ゴジラの口、と言うかヨットハーバーがある湾とは全然趣が違いますね。やはり、ゴジラの口の湾は泡立つ泡起原だわ」

稚子は吹き付ける北風に顔を向け、まともに風を受けた。そうしないと、ショートカットの髪さえもクシャクシャになってしまうのだ。

「明らかに環境と言うか趣が違いますよね。『日本書紀』や『古事記』は、嘘を書いているのではないのですよ。この小戸の有様を赤裸々になぞっているのですよ。あの島をご覧なさい」

武彦が指差したその先に、と言うより目の前に大きな島が迫っていた。能古島《のこのしま》だ。

「能古島とこの小戸とは目と鼻の先。そして、その右奥にわずかに見えているのが志賀島。その志賀島から右手に伸びているのが、海《うみ》の中道《なかみち》と言われる丹後《たんご》の天橋立《あまのはしだて》と同じ構造の砂嘴《さし》。どうです、ものの見事に『日本書紀』に描かれた神代の時代でしょう？」

「確かに、そのままですわね。あの海の中道、砂嘴が『日本書紀』が言う天《あま》の浮橋《うきはし》、とすれば神代の時代は、全てこの博多湾の姿を投影していると言っても可笑しくはないですわね」

「志賀島はともかく、目の前にあるこの島は能古島、『日本書紀』に言う伊弉諾尊と伊弉冉尊が国生みをした磤馭盧島《おのころじま》でしょう。私はこの磤馭盧島は、オノコの島、男の島ではないかと仮説するのです」

「何故なんです？」

「その地図をよく見て下さい。能古島は、まるで西洋梨か、涙のしずくの様な形をしていますよね。しかし、『日本書紀』の神代の話には、大胆にもかなり人間の成り様が描写されていますから、ひょっとしてこれは、男性の陰嚢に見立てたのでは、と妙な妄想をしてみたのです。だからオノコの島…」

稚子は武彦のとんでもない仮想に、顔を赤らめ、文庫判をペラペラめくった。そして、五十七ページの能古島全体の地図をしげしげと見つめた。

（確かに男性の陰嚢の様にも見える…。でも、私は天から落ちて来る涙のしずくと思いたい）

稚子の様な学研者には、現実を見る冷静な判断が不可欠だが、指摘した相手が武彦だけに、敢えて現実から目を逸らした。

武彦は稚子の繊細な感情を無視して、なお続けた。

「伊弉諾尊が伊弉冉尊に言うには、二人には雄《お》の始まりと雌《め》の始まりがある。二人の体の始めのところを合わせよう、と提案。陰陽が初めて交合して夫婦になり、子が、国が生まれた、と赤裸々に書いてある。その舞台の島が礠馭盧島。そして、その礠馭盧島は男性の陰嚢の形に似ている。だから日本の国生みの発祥地はここ礠馭盧島、今の能古島ですよ、と子孫の我々が国の始まりは何処だろうと迷わない様に教えてくれているのだと思います。ご先祖様が、わざわざ分かり易く教えてくれているのに、現代の我々はそのことを直視しないどころか、無視さえしている。嘆かわしいことです」

物的証拠、考古学の発掘史学こそないが、文献史学が教える日本人のルーツの一端は、令和の今も生々しく息づいている。稚子もそう思わざるを得ない武彦の説得力のある話しっぷりだった。

早春の日の入りは早い。夕焼けの空をバックに筑紫富士の可也山が美しいシルエットを見せて浮かび上がった。

「稲佐の浜の夕陽も美しかったけど、この小戸から見る可也山も素晴らしい！　伊弉諾尊が穢れを清めたくなったのも分かりますわ。思わず引き込まれますわね」

稚子は話題を変えて筑紫富士の可也山に見入った。愛用のキャノンが手持ちぶたさの様に首にぶら下がっている。

武彦もしばしの時間、今津湾の彼方に浮かぶ可也山を見つめた。

（もしかすると、稚子が言った様に伊弉諾尊はこの夕陽と可也山に背中を押されて禊ぎをしたのかも分からない。天照大神や素戔嗚尊が生まれるには絶好のタイミングではある様に思える…）

稚子がキャノンを可也山に向けたのは、暫く経ってからだった。

翌日、武彦はレンタカーを御笠川に沿って走る県道一一二号線をひたすら東南に向かって走らせた。

それも、御笠川河口にある福岡市東区馬出にわざわざ寄り、

「ここには、福岡県庁や九州大学がありますが、実は『魏志倭人伝』の難解な部分を解く鍵がある処なのです。馬を出す、と書いてマイダシと読みます。覚えておいて下さい」

と、意味深長な事を言った。

　稚子は昨日の今日で、顔がほころんだ。

「昨日は、日本神話の初めの初め、伊弉諾尊の国生み神話の〝故地〟ではないかと思われる小戸にいきなり連れて行って貰い、胸がドキドキしましたけど、今日は『魏志倭人伝』の謎の部分にいきなりですか⁉　心拍数が上がりっぱなしですわ」

　県道一一二号線は比恵《ひえ》町を過ぎると左手に福岡都市高速を見て、並行して走る様になる。もう、そこは福岡空港の国際線ターミナルの入り口で、県道一一二号線、福岡都市高速、福岡空港滑走路が、東南に向かって綺麗に御笠川と並んで走る。

「この辺を半道橋、ハンミチバシと言います。何処から何処までの半分なのか、と言うと、さっき寄り道した御笠川の河口の馬出から、今から向かう二日市、太宰府辺りまでの丁度、半分の距離、と言うことです。面白いでしょう?」

　武彦はそう言って、笑顔を稚子に向けたが、稚子は何が面白いのか分からず、

「変わった地名ですね」

と、だけ答えた。

　後で武彦の解説を聞いて、「なるほど」と納得はしたものの、この時点ではそれほど重要な地名とは考えもしなかった。

　レンタカーは東南上を続け、大野城《おおのじょう》市に入った。市役所を右手に見た時、武彦はまた一つ

意味深長な事を言った。

「この大野城市のさらに右手が春日市《かすが》。そこには、須玖岡本《すぐおかもと》遺跡と言う『魏志倭人伝』に書かれた奴国《なこく》の王都ではないかと言われている弥生遺跡があります。ご存知でしょう？　でも、そこはこの旅の最後に取って置きます。ま、もっともナコクと言う読み方は当たらないと思います。本家・中国では奴はナとは読みませんからね」

稚子は武彦の言葉にすぐさま反応した。

「分かりますわ、須玖岡本遺跡。それに、奴国の読み方も分かります。奴は上古音・呉音ではヌ、中古音・漢音ではド、と読み、いずれもナとは発音しない。ま、ぎりぎりノ、ネでしょうね。ドも後世の音と言われていますから、ヌコクが正解かも知れませんわ」

「さすがですね。だから、国見さんとご一緒していると楽しいのです。文献知識がスラスラと出て来る。話していると勉強になるし、話し甲斐があります」

レンタカーは大野城橋を渡った。初めて御笠川を横切ったのだ。と、同時に太宰府市に入った。カーナビが正確に位置情報を太宰府市と変えたので、福岡の地理にうとい稚子にもハッキリと分かった。

「ここから太宰府ですね。ナビにも出ていますわ」

「そう。その先の信号が水城《みずき》二丁目の交差点で、その上に見えるのが九州自動車道と国道三号線の高架。これをくぐると水城が目の前に迫って来ます。邪馬台国の所在地をおぼろげながら示し、証明する歴史文化遺産だと私は仮説しています」

武彦の言葉通り、高架をくぐると目の前に異様な森が右手に流れて見えた。これが、「水城」と言われる古代のダムだ。レンタカーのフロントガラスから見ると、右手に見える背振《せぶり》山系まで続く〝壁〟の様にも見える。そして、その壁を貫く様に御笠川を挟んで九州自動車、国道三号線福岡南バイパス、県道三一、同一一二号線、西鉄天神大牟田線、ＪＲ鹿児島本線等が突き抜けている。

「へェー、これがあの有名な水城ですか！　六六二年、天智二年の白村江の戦いで唐・新羅連合軍に敗れた日本が、その翌年、祖国防衛のために造った、と言われていますね。『日本書紀』には、〈この年、対馬、壱岐、筑紫国などに防人《さきもり》と烽《すすみ》をおいた。また、筑紫に大堤《おおつつみ》を築いて水を貯えた。これを水城と名づけた〉と書かれているあの水城ですね」

稚子にとっては、小戸に続く『日本書紀』に書かれた〝名所〟の一つだ。しかし、もちろん初めて目にする実物、歴史遺産に他ならない。

「今、走っているこの県道一一二号線、通称福岡日田《ひた》線が水城を通過する辺りに水城の東門と言われる門があったそうです。実は水城の門はもう一つありましてね。福岡筑紫野線と言われる県道三一号線が貫いている辺りが西門です。県道一一二号線は邪馬台国時代の博多湾岸の重要拠点であった不弥国《ふみこく》、私は海国《うみこく》だと思っていますが、不弥国の馬出《まいだし》が出発点で、県道三一号線は奈良時代の外交施設・鴻臚館《こうろかん》が出発点です。今の福岡城址ですね。それぞれ一直線に水城の両門に向かっていたのかも分かりません。県道一一二号線は古代の重要水路、御笠川に沿って造られている様に見えますし、県道三一号線の方には、大宮、高宮、三宅と何やら高貴な名前の付く地名が残っています。実際に三宅には筑紫宮家の跡、という史跡が残されていますから、官道だったと思われます」

武彦の水城関連ガイドに、稚子はすかさず合いの手を入れた。

「と言う事は、かの武人にして歌人の大伴旅人《おおとものたびと》も大宰師《だざいのそち》として、この東門をくぐったのですね。この水城の東門辺りで詠った和歌も残っていますから。それに旅人の嫡男の大伴家持《おおとものやかもち》も幼い頃、この水城を見ているのですね。旅人は家族を引き連れて西下した、と記録されていますしね」

稚子は、旅人一家がどの様な思いで、この水城の東門をくぐったかを想像していた。華やかな奈良の都に比べれば、どれほど心細かったことか…。

「この左手の丘が、水城の全貌を見渡せるポイントとして整備されていますから登ってみましょう」

武彦は、そう言うと、レンタカーを簡易駐車場に止め、稚子を丘の上に誘った。この丘は、博多湾岸から見ると一番左端に当たり、確かに水城の全てが見渡せる。

「ウワッー、本当だ！　水城は二段になっていて、一番高い処は十三米《メートル》ほどある、基礎部分は幅四十米《メートル》、長さは何と千二百米《メートル》もあると聞きました。その通り、もうほとんど今で言うもの凄いダムですね」

　稚子は眼下に広がる圧倒的な古代建造物に驚嘆の声を上げた。

「さすが国見さん、よくご存知ですね。しかし、何故こんな巨大なダムをここ太宰府に造ったのか、不思議ではありませんか？　確かにここは博多湾から見ると狭隘部で、敵を水攻めで殲滅するダムを造るには最適地かも知れません。おまけに、こちらの四王寺山系には大野城を、向こう側の背振山系には基肄城《きいじょう》を築き、敵の追い落としを期している。万全の構えです」

　武彦の問いに稚子は鸚鵡返しに、

「だって、祖国防衛のためでしょう⁉　白村江の勝利で勢いを付けた唐・新羅連合軍が、明日にでも日本に攻めてくるかも知れない。油断大敵ですから。筑紫に二城を築いたのも『日本書紀』の天智九年（六六九年）の項に出ていますね。〈長門に一城、筑紫に二城を築いた〉」

と、返した。

　すると、武彦は、

「誰だってそう思いますよね。そう考えるのが普通です。でも、歴史学に素人の私はそうは思わない」

と、水城を指差して武彦の仮説をさらに披露した
「時代は下りますが、元寇の役の鎌倉幕府はどうしたかご存知でしょう？　彼らは同じ水作戦でも、水際作戦を取った。あの博多湾岸に長大な防塁を築いた。今、現在も博多湾岸には至

る所に防塁跡が残っていますよ。近畿大和政権よりズッと東にあった鎌倉幕府さえも、取り敢えずの水際作戦をこの博多で取っているのに、近畿大和政権は博多湾岸より約二十キロも奥地のこの狭隘部にダムを造り、山の両側に山城を造った。もし、もしもですよ。唐・新羅連合軍がここ博多を無視して、直接、難波に上陸して近畿大和を叩く作戦を取ったらどうするのですか？　水城や二城は全くの無駄と言う事になりますよね。そんな無駄な大建造物を造ると思いますか？」

　武彦の常識的な力説に、稚子は、

「じゃあ、何故、この水城をここに造る必要があったのでしょう？」

と、これまた常識的な疑問を口にした。

「そこなのですよ。博多湾岸から遥か奥地のここ太宰府の入り口に、こんな大きなダムを造り、山城を造って迎撃の準備をしたと言う事は、つまり、これより奥に本当に守らなければいけない国、王都、人々が居たと考えられませんか？」

「と、言う事は…」

「と、言う事は、この水城の後ろと言うか、その奥に王が住む都があったのですよ。それが、古代中国の歴代国が伝える邪馬台国を中心とする三十カ村（国）連合の倭国の都だと私は思います」

「確かに、そう考えた方が無理はないですわね」

「要するに、この大建造物は近畿大和政権とは何の関係もない代物だ、と言う事なのですよ。もちろん、あくまでも仮説ですが」

「そういえば、ほんの少しかじっただけですが、『旧唐書《くとうじょ》』倭国伝に、倭国は古《いにしえ》の倭奴《いど》国、『三国志』倭人伝にある女王国、王の姓は阿毎《あま》、と言うとありました。また、同じ『旧唐書』日本国伝には、日本国は倭国の別種、旧小国で倭国を併合した、日の辺にあるから日本と名乗った、とあり、『旧唐書』東夷伝にその事を証明する様に、東夷には国が五つある、高麗、百済、新羅、倭国、日本だ、と明記されています。この場合、倭国と言うのが、白村江で唐・新羅連合軍に敗れ、このダム、水城を造った国であり、日本と言うのが、宅畠さんがおっしゃる近畿大和政権と言う事ですね」

稚子の文献史学に基づく指摘は的確で分かり易かった。

「その通りです。さすがだなあ、国見さんは見事です。私も『旧唐書』にハッキリと日本の古代の事が書かれているのに、何故、日本の歴史学者はそこを無視するのか分からなかった。邪馬台国にのめり込む様になったのは、そこがスタート地点なのです」

「『魏志倭人伝』はともかく、『旧唐書』は日本人の証人がいるのですよ。あの阿倍仲麻呂《あべのなかまろ》です。唐から見れば〝外国人〟なのに、唐の高級官僚にまで昇りつめ、時の玄宗《げんそう》皇帝にまで認められた遣唐使の日本人・阿倍仲麻呂に倭国と日本国の違いの裏を取らない編纂者など居ませんからね。仲麻呂がこうこうこうです、と『旧唐書』編纂者の尋問に答えたから、その編纂者は自信を持って書き残しているのです。国記は、まずその時点の国王に献上されますから、第一読者は国王。嘘を書いたらその身がどうなるか、当時の人はよく知っています」

稚子の駄目押しに、武彦は我が意を得た様に、

「国見さんが今、何気なくおっしゃった阿倍仲麻呂。実は、今さっき通って来た春日市のある処に関連があるのですよ。そこは、旅の最後に取って置きましょうと言いましたが、邪馬台国の比定地にも関連する重要なポイントです」

と、胸を張った。

稚子は驚いていた。何の意図もなく、思い付いたまま『旧唐書』の話をし、文献史学から導き出される阿倍仲麻呂の〝証人〟説を付け加えた。

しかし、そもそも、稚子を文学史学に誘《いざな》ったのは、阿倍仲麻呂が残したとされる和歌だった。話題にするつもりもなかった人物の名前を、武彦との話の流れの中でつい口走ってしまった。

（こんなことがあるの…）

〽天の原…

あの有名な和歌が、稚子の頭の中を駆け巡った
（まさか、阿倍仲麻呂のあの和歌と邪馬台国が関係するの…。でも、確かに宅畠さんは邪馬台国の比定地と関連がある様なことを言ったわ）

あまりの偶然に、稚子は急に口数が少なくなった。

（そういえば、『鳥名子舞《となごまい》』の調査取材の時もこんな事があったわ。宅畠武彦さんと私、国見稚子の名前がいたるところで、『鳥名子舞』の主人公、廬城部連《いおきべのむらじ》武彦と稚足姫《わかたらしひめ》、栲幡皇女《たくはたのひめみこ》や登場人物と一致して愕然とした事がある…）

目の前に展開する圧倒的な水城の、ほぼ南西へ一直線の森を眺めながら、稚子は胸の高鳴りを抑える事が出来なかった。

その稚子の胸の高鳴りを煽る様に、武彦は邪馬台国に関係する事柄をまた一つ加えた。水城が近畿大和政権とは異次元である基礎的な話だった。

「そもそも天智天皇は天智七年（六六七年）に即位しています。母・斉明天皇が亡くなってから六年間も皇太子のままで政務を取った、と『日本書紀』に書かれていますよね。〝本家〟倭国政権を国難のどさくさに紛れて簒奪《さんだつ》した汚名を着せられるのがいやだったのでしょう。天皇を名乗るのも後ろめたかった。唐・新羅連合軍に敗北した、と言う歴史が近畿大和政権に刷り込まれるのも都合が悪い。あれは、倭国の歴史だ、と強調したかった。全て近畿天皇家の事績に見られたくなかった。だから、沈黙の六年間だったのでしょう。天智にとっては、喪中の意思表示だったかも知れない。でも、水城は実際に出来上がっている。残ったありったけの力で倭国が築いたのでしょう。この現実は隠し切れない、と冷静に判断したのだと思います。だから、水城構築も近畿大和政権の実績として、『日本書紀』に書き込んだのでしょう」

この武彦の解説に、稚子は、

「中国の様に、禅譲という穏やかな政権移譲を取れば問題なかったのでしょうが、かすめ取った様な現状に、やはり心穏やかではなかったのではないでしょうか…」

と、武彦の仮説に同調する様に相槌を打った。

『日本書紀』を読むと、天智天皇の倭国政権簒奪、倭国継承正統化という武彦の解説がより分かる。初代天皇の神武《じんむ》天皇の和風諡号《しごう》（死後に贈る称号、おくり名）は、「神日本磐余彦天皇《かむやまといわれびこのすめらみこと》」だが、二代綏靖《すいぜい》天皇以外、三代安寧《あんねい》天皇から十四代仲哀天皇までの全ての天皇の和風諡号には「彦《ひこ》」が付けられている。安寧天皇は「磯城津彦玉手看天皇《しきつひこたまてみのすめらみこと》」、と言う。

「彦」は、『魏志倭人伝』に明記されている「卑狗《ひく》」の事、と言うのが通説で、北部九州邪馬台国三十ヵ国連合・倭国の諸島、及び辺境地の「長官」を指す〝官名〟である。例えば、対馬《つしま》国《こく》、一大国《いきこく》の長官は「卑狗」で、副官は「卑奴母離《ひぬもり》」と言う、とある。

近畿大和政権の天皇家は倭国にあって元々、九州宮崎地方の長官を務めていたと推測される。神武（狭野尊）らの近畿大和への東征後も倭国の正統な後継、分家を主張する意味で、初代神武天皇以下に「彦」を冠したと思われる。二代綏靖は、神武天皇の第三子で、神武天皇と共に東征に加わっていたため、地方長官の官名「彦」を敢えて付けなかったのではないか。三代安寧天皇はその綏靖天皇の嫡男で、近畿大和で生まれたため、堂々と地方長官を名乗る「彦」を付けたと思われる。

　天智天皇の深慮遠謀のハイライトは、自身も含め、母親・三十五代皇極天皇から和風諡号に「天《あま》」を冠した事だ。皇極・斉明天皇の和風諡号は「天豊財重日足姫天皇《あまとよたからいかしひたらしひめのすめらみこと》」、三十八代天智天皇は「天命開別天皇《あまみことひらかすわけのすめらみこと》」。それ以前に、「天」を冠したのは、二十九代欽明天皇の「天《あま》国排開広庭天皇《くにおしはらきひろにわのすめらみこと》」だけだ。

　本家・倭国の乗っ取りに成功。しかし、その継承の正統性を主張するには、一族の王家の象徴である「天」を冠するのが妥当、とそれまで多少の遠慮があった「彦」を捨てたのだろう。倭国を白村江で葬った中国・唐の歴史書、『旧唐書』倭国伝には、「王の姓は阿毎《あま》」、と七世紀の倭国を〝実写〟しているだけに、「今こそ、この我が倭国の大王！」と、胸を張って国王、「天」を冠する「天皇」を名乗った、と言っても良い。

　そしてまた、国の名を「倭」から「日本」に変えた。その事実も、『旧唐書』日本伝に、「日本国は倭国の別種。旧は小国。倭国を併合した」と、明記されている。

「さあ、次はいよいよ邪馬台国の本願地へ参りましょう。菅原道真さんには申し訳ないけど、太宰府天満宮はまたの機会に回し、太宰府政庁跡も横目に、太宰府市、二日市の筑紫野市を通り過ぎて行きますよ」

「いよいよ、ですね」

　稚子は気を取り直して、水城の簡易展望台を下って行った。

レンタカーは大宰府政庁跡の手前、関屋の苅萱橋《かりかや》を渡って御笠川を再び横切った。ここ苅萱には大宰府政庁に赴く官人、要人達が旅装を解き、正装をし、居住いを正す関があった。古代・中国に於ける伊闕《いけつ》の地だ。伊闕とは、ケツにコレチカシ、と読み、闕とは、王の住む都という意味。ここで王都に入る準備をしなさい、と促している。

そのまま左に真っ直ぐ県道七六号線、筑紫野太宰府線を進めば、大宰府政庁に行き着き、さらに進めば太宰府天満宮に突き当たる。もっとも、太宰府天満宮は菅原道真の廟があった処で、後年の造作。大宰府政庁に赴くには手前に重要な苅萱関《かりかやのせき》があったことから、今でも関屋という地名が残っているのだろう。

レンタカーは右手に逸れ、朝倉街道に入って行って苅萱橋を渡った。右手に見えるのは天拝山《てんぱいざん》。大宰府政庁から真南に見える。奈良や京の都から大宰府政庁に赴任してきた官人達が日々仰いだ、と言われる標高二五七・五米《メートル》の天拝山はこの日も背振《せぶり》山系の東端に輝いていた。

「この辺りを針摺《はりすり》と言いましてね。北の博多湾に流れ込む御笠川に合流する高尾川と、南の有明海に流れ込む筑後川へ合流する宝満川に流れる山口川が擦れ違う場所なのです。川の流れを針に例えて、それが摺り合う、擦れ違う処、と言う意味だと聞いた事があります。そうなのですよ。ここが、筑前、筑後の分水嶺《ぶんすいれい》なのです。だからこそ、ここは文化の合流点で、古代から市が立った。二日市は文字通り、その名残の土地名なのですよ。何故、二日市という名前が付いたかは、後で説明したいと思いますが、私はここそ『魏志倭人伝』にある投馬国《つま》だと仮説しています」

分水嶺、とは『広辞苑』（岩波書店）によると、二つ以上の河川の流れを分ける境界のことを分水界と言い、その分水界となっている山脈、とある。要するに、降った雨水が山の背を挟んで川となって反対の方向に流れること、と『新明解国語辞典』（三省堂）は分かり易く書いている。二日市、針摺辺りは山地ではないが、背振山系と四王寺《しおうじ》山系、三郡山《さんぐんざん》々系が造る〝峠〟の様な形になっている。

「へェー、山岳列島の日本でも珍しい地形と言うか、地域なのですね。山の頂上付近に出来た町ということですね。峠の茶屋を中心にして出来た町と言うか…」

稚子は武彦のローカル・ガイドに首を左右に回して、街並み、山並みを眺め続けた。時には首に掛けたキャノンを構えて、シャッターを切った。

「やはり国見さんは鋭い。峠の茶屋、とは上手いことを言いましたね。実に分かり易い。その通りですよ。弥生、縄文のもっと先、石器時代にはここを通る人々は間違いなくここで一服をしたことでしょう。そこから村、町が、市が出来たのでしょう」

武彦は、稚子の分かり易い例えに答える様に、

「何故、ここが二日市と言われる様になったかと言うと、日本の通例として二日に市が立ったから、と伝えられていますが、私はそうではないと思っています。ここは分水嶺の上に立地

する特異な土地。そんな簡単なことから生まれた地名ではないのではないか、と推測しました」

と、彼なりの仮説を加えた。

「先ほど、福岡空港辺りに半道橋《はんみちばし》と言う地名が御笠川沿いにありましたよね。博多湾岸の出発点から約半分。そして、あと半分遡るとここ二日市に到着したのです。自動車など無い時代ですからね。荷物の運搬には舟が重宝がられた。もちろん、今も大量輸送には船が主流です。その舟を御笠川の両岸から馬に曳かせて遡った。だから、その出発点を馬出、マイダシと言い、令和の今現在もその地名は脈々と受け継がれていると言う訳です。馬出には、福岡県庁、国立大学法人・九州大学が在り、偶然でしょうが、今も昔も行政、文化の中心として残っているのです。二日市に着いて荷を下ろせば、馬はもう必要ない。帰りは下りですからね。だから、ここは馬を放す、馬を投げる場所。つまり、投馬《とうま》の地、国で投馬国、ツマコクと『魏志倭人伝』に書き残されたのでしょう。馬出と投馬は一対なのです。馬船で積み荷を運ぶのに、馬出から投馬まで一昼夜、二日かかった。二日かかる荷物の集積地、市だから二日市、としたのではないでしょうか。同じ様に、有明海から筑後川、宝満川を遡っても馬船なら一昼夜、二日かかったのでしょう」

武彦の如何にもそれらしき仮説に、稚子はキャノンから手を放し、

「なるほど…」

と、腕を組んだ。

　そして、

「凄い処に、目を付けたんですね。何故、そう思ったのです?」

と、視線を武彦に移した。

「御笠川沿いの県道一一二号線をママチャリでのんびりと上り下りをしていて気付いたのです。これは、ひょっとして、と。『魏志倭人伝』を何度読んでも倭国の地理が頭に浮かばなかったのですが、実際に辿ってみると本当に書かれたそのままなのです。邪馬台国時代には、張政《ちょうせい》と言う魏の官僚も実際に倭国に来ているのだし、今の時代の様にGPSが無いから方向、距離は正しくなくとも地勢、風俗、文化は正しく伝えていると思ったらその通りでした。百聞は一見に如かず、ですよ」

「さすが、元編集者!　新聞記者と同様、歩いて書く、足で書く、ですね」

　そんな話をしているうちに、レンタカーは筑前町役場前を過ぎて、国道三八六号線に合流。朝倉市へのほぼ真っ直ぐな道路に入った。

「アラーッ!　小戸で見た筑紫富士とよく似た小山が田圃の真ん中に見えますわ。筑後富士かしら。綺麗!」

　右手前方に見える小山を指差して、稚子はキャノンを構えた。武彦は前を向いたままで、笑顔を見せ、

「あれが、初代・天の香具山ですよ」

と、言った。

「エッ、天の香具山⁉　奈良南部、藤原京跡の東に存在するあの天の香具山と同じですか？

初代とはまた何故ですか？」

「もちろん、私が勝手にそう呼んでいるだけで、地元では花立山《はなたてやま》とか城山《じょんやま》と呼ばれていますね。皆さん、天の香具山と言うと奈良を思い浮かべますが、原始・天の香具山はあの花立山。あの山は、この筑紫平野の満々中にあって、何処からでも見える、いわば筑紫平野のランドマークなのですよ。現に、国見さんもすぐ目に付いたわけでしょう？　糸島の可也山、筑紫富士が古代からの博多湾のランドマークだった様に、この花立山も土地の人、外から来た人達の目印になっていたわけです。そういう目立つ存在なのです。古代史を語る人達が、あの山を何故、無視するのか私には分からない」

武彦がプロト・天の香具山の説を説く間、稚子は食い入る様に花立山、城山を眺めていた。

「今、走っているこの県道一一二号線、福岡日田線は国道三八六号線でもあるのですが、筑紫平野北部の山並みの山裾を朝倉市に向かって東南方向にほぼ真っ直ぐ走っています。私はこの道も古代の山辺《やまのべ》の道だと推測しています。山辺の道と言うと、これまた奈良の三輪山麓を走る古代の官道を思い出すと思いますが、実はこの辺りの地名はそのままゴッソリと奈良南部を中心とした地域に在ります。この地域の人達が、何らかの理由で奈良に引っ越し、そのまま故郷の地名を付けたのではないか、と言う説が有力です。神武東遷と関わりがあるとも言われていますね」

　稚子は武彦が今、話している事があながち作り事ではない様な気がしていた。筑紫平野の地名が、奈良南部を中心に広く分布していることは聞いた事があったからだ。阿倍仲麻呂の和歌に触発され、学生時代に奈良までその風景、情景を確認しに行った事を思い出していた。

　〽三笠の山にいでし月かも…

と、謳われたその三笠の山もひょっとするとこの筑紫の地にあるかも知れない。現に、御笠川と言う筑紫の主要河川をたった今、遡って来たばかりだ。

　稚子の思考に追い打ちを掛ける様に、武彦はさらなる有史以前の話を付け加えた。

「この辺り一帯は、朝倉郡筑前町《まち》と言う地名ですが、平成十七年（二〇〇五年）三月に旧夜《や》須《す》町と旧三輪《みわ》町が合併して出来た町なのです。夜須は神代の時代のあの安です。朝倉市、これも以前は甘木市と言ったのですが、その朝倉市に入る手前に小石原川と言う川が流れています。この川も昔は安河と言ったそうです。そう、神代の時代のあの天の安の河です。町村合併で名前を変えるのは良しとしても、切り捨ては勿体ない話ですよ」

（夜須、三輪…）

と、稚子は頭の中で反芻しながら、『日本書紀』の神功皇后《じんぐう》の巻に書かれていた事柄を思い出していた。

第十四代仲哀《ちゅうあい》天皇が仲哀九年に香椎宮《かしいのみや》で崩御した後、皇后であった神功、気長足姫尊《おきながたらしひめのみこと》は羽白熊鷲《はじろくまわし》を討つため香椎宮から松峡宮《まつおのみや》に移った。その時、にわかにつむじ風が吹き、皇后の御笠《みかさ》が吹き飛ばされた。時の人は、そこを名付けて「御笠《みかさ》」と言った。

羽白熊鷲を退治した後、皇后は「これで心、安らかになった」と言われたので、そこをまた名付けて「安《やす》」と言う。

その後、神功皇后は神の託宣通り、新羅《しらぎ》を討とうとしたが、兵が思う様に集まらない。そこで、「大三輪《おおみわ》の神社」を建て、刀・矛《ほこ》を奉ると軍兵が自然と集まった。新羅出兵は仲哀天皇が拒否。そのため、命を落とした曰く付きの託宣だったが、皇后は敢行し、新羅からの凱旋後、筑紫で後の十五代応神《おうじん》天皇を産んだ。その産み処を時の人は、「宇瀰《うみ》」と言った。云々…。宇瀰は『魏志倭人伝』に言う不弥国《ふみこく》、と言われている。

「その夜須とか三輪とか言う地名は、『日本書紀』の神功皇后の巻に出て来るあの地名と同じですか？」

稚子が武彦に確認を取ると、武彦は事もなげに、

「そうですよ。国見さんの得意分野の世界に入って来ましたね」

と言い、笑顔を見せた。

「左手の山は目配山《めくばりやま》と言う名前を付けられていますが、通称は三輪山。『日本書紀』に書かれた三輪です。もうお分かりでしょうが、あの奈良の三輪山とも同じです。奈良の三輪山には有

名な大神《おおみわ》神社がありますが、ここにもほぼ同じ位置関係に大神神社がありましてね。『日本書紀』に言う神功皇后が新羅征伐に向かう時に、軍兵集めに創建、祈願した宮です。今は、大己《おおな》貴《むち》神社に変わっていますが、元々は大神神社。読み方は、オオミワではなくオンガ。地元の人はオンガ様、と言うそうですよ。そっくりそのままのパターンがここにもあるという事ですね。地元では、日本最古の神社として崇められています。『日本書紀』にある神功皇后の松峡宮もこの左手の山あいに在りますし、目配山はその神功皇后が物見をしたと言うことで付けられ、皇后の腰掛け石も山頂に在ります」

武彦の次々に放たれる古代史に、心臓を直に掴まれる思いだった稚子は、重要な一言をつぶやいた。

「大己貴神社の大己貴は、出雲大社の大己貴大神、大国主命大神の別名ですよね。奈良・三輪山の神、大物主《おおものぬし》もそう呼ばれていますわ。でも、この字をよく見るとオオナムチと読むよりも、オオミワと読んだ方が妥当ですわね。この地は、出雲大社とも関係があるのかしら…。そういえば、天照大神の弟、素戔嗚尊《すさのおのみこと》は出雲に追放されたのでしたね？」

これには、武彦も驚いた。

「鋭い処に気付きましたね。確かに読もうと思えば、オオミワの方がピッタリですね。それに、素戔嗚尊がらみで出雲との関連性をも示唆しているのかも知れません。この三輪の地に突然、出雲の神が出現するのはどう考えても可笑しいですからね。出雲でもお話しましたが、出雲の鉄資源を求めて、この地から素戔嗚尊が派遣された。しかし、何らかの理由で〝派遣〟が〝追放〟にされてしまった。この地の人々はその功績を讃え、大神様《おんが》として出雲の大己貴・大国主命大神の祖、素戔嗚尊を祀った。そう考えると、ここに大己貴神社が存在する理由が分かりますね」

武彦はここでレンタカーを路肩に寄せた。話が核心に近くなり、運転しながらの問答では、事故に繋がらないとも限らない。喉に渇きも覚え、

「缶コーヒーでも飲みましょう」

と、自販機の前にレンタカーを停めた。稚子は微糖、武彦はブラックのホットコーヒーを買い求めた。

「筑紫平野の満々中で飲む缶コーヒーって、結構いけますわね。美味しい！」

稚子は缶コーヒーを片手に、武彦に笑顔を向けた。話の盛り上がりに文字通り水を差す様な稚子の一言だったが、一息入れるには実にタイミングが良かった。武彦には、缶コーヒーと稚子の場違いな一言が、〝力水〟の効果があった。武彦は笑顔を浮かべながら、話を続けた。

「そもそも、何故、香椎宮に居た神功皇后を新羅からさらに離れた松峡宮や夜須、三輪に引っ張って来て、秋月の野鳥《のとり》に居た原住民の長、羽白熊鷲を討つ必要があったかですよ。香椎は博多湾岸に在り、わざわざこの夜須の地に来させ、出雲大社、素戔嗚尊に関連する大己貴神社、大三輪の神社を造らせたのはアレしかないですね」

武彦の指摘に呼応する様に稚子が、急に声を上げた。

「邪馬台国・倭国三十ヵ国連合の女王、卑弥呼を神功皇后に当てたかった！」

一気に現実に戻ったかの様な稚子の声に、武彦が続いた。

「その通りに間違いないでしょう！　現に『日本書紀』には、〈魏志倭人伝によると〉という記述がありますからね。〈魏志にいう〉と言う表現も二ヶ所もある。神功皇后を卑弥呼に結び付けたい編纂者の意図が見えますすね。そしてですよ。その舞台をこの夜須の地、三輪の地に持って来たという事は、素直に解釈すれば、卑弥呼はこの夜須の地、三輪の地に居たか、ここが出身地だった事の証明になりますよね。裏読みすれば、そうなります。『日本書紀』編纂当時の人達は、そうである事を知っていたのですよ！」

稚子は頷きながら武彦の仮説の背中を押した。

「卑弥呼の時代は三世紀半ば。『日本書紀』は八世紀初頭。我々が江戸時代を語るのと、それほど変わりはありませんわね」

その稚子の言葉に、武彦はレンタカーに戻ると、ハンドルを握る手に力を込め、真っ直ぐ前を見つめながら思いのたけを口にした。

「幻の邪馬台国はやはりこの夜須、三輪の地なのですよ。『日本書紀』が、それを言わず語りに証明していてくれた。天の香具山である花立山が南の方角に手に取る様にみえますからね。国見さんのおかげです！　イヤーッ、灯台元暗しでした」

武彦の感極まった言葉に稚子は、胸が熱くなった。文学史学の研究者として、何気なく口にした『日本書紀』の引っ掛かりが、武彦の邪馬台国への熱い思いの手助けになったようだ。

「もうこの辺は、依井《よりい》、大塚《おおづか》と言って、その先の小石原川を渡ると朝倉市です。大塚は、『魏志倭人伝』にある〈卑弥呼、以て死し大いに塚を作る〉と言う卑弥呼の墓、大塚ではないか、と言われています。村落の中程に天満社と言う小さい神社が有り、その裏側に円墳が在ります。直径三十メートルほどですかねえ。取り敢えず、そこへ行ってみましょう」

武彦はそう言うと、ハンドルを左に切った。

「朝倉市は以前は甘木《あまぎ》市と言いましてね。私は伊豆の天城《あまぎ》と同じ天城という字が充てられていたと思っています。この辺りの統治者の柵というか、城というか、吉野ヶ里の様な弥生時代の柵で囲まれた環濠集落があった処だと思っています。卑弥呼は、その柵の中で生まれ育ったか、ここで君臨していたか、その辺はよく分かりませんが」

武彦が案内した大塚の円墳は、地元では田神社と呼ばれている天満社と一対で、筑前町教育委員会の手で案内板が建てられていた。それには、

「　大塚古墳
所在地　朝倉郡筑前町大塚字楠ノ木
小石原川の右岸で扇状地の中央に位置する直径三十メートルの円墳で、高さは四メートルほどです。未調査ではありますが、墳頂は覆土が流失し、天井石が露出…云々

平成二一年三月　筑前町教育委員会」

と、ある。

簡素な社の裏に、確かに露出した天井石の様な長方形の石が在り、支石墓《しせきぼ》に似た形態が見て取れる。石棺を安置した玄室と外部を繋ぐ通路である羨道《せんどう》らしき横穴も在り、横穴式石室かも知れない。

『三国志』の中の通称、『魏志倭人伝』には、卑弥呼の葬送のくだりがご丁寧にも明記されている。

「卑弥呼以死　大作塚径百余歩　徇葬者奴婢百余人」

卑弥呼が死んだ。大きな塚、お墓を作った。その墓は、直径が百歩ほどだ。百人余りの奴婢が共に埋葬された…と、ある。

『三国志』は、当然のことながら魏の単里を採用している。一里は、七五〜九〇メートル。その一里は約三百歩であると言う。

そこから計算すると、一歩は二五〜三〇センチ。古代はともかく、現代では普通、人間の一歩は「身長×〇・四五」とされている。身長一七〇センチの人なら七六センチ、一六〇センチの人なら七二センチほどだ。しかし、この歩幅はかなりの早歩きか、大股での数字に思える。試しに一度、自分の歩幅を計ってみるとよく分かる。

弥生時代の人達の身長は一五五〜一六〇センチと言われているから、現代の基準から計算すると一歩は七〇センチ前後。これは、かなりの早歩きと思われ、普通は五〇センチ前後ではないかと考えられるが、魏の単里に倣い一歩三〇センチとして、百歩は三〇〇〇センチ。メートルに直すと、三〇メートルだ。何と、この大塚古墳の円墳とほぼ同じ大きさになる。

『魏志倭人伝』の「径百余歩」

は、大塚古墳をものの見事に描写した様に見える

埴輪の元になったと言われる徇葬者《じゅんそうしゃ》百人余りは、その円墳の周りに生き埋めにされた。直径が約三〇メートルとすると、その円周は約九四・二メートル。現代でも、人の肩幅は五〇センチ前後だから、卑弥呼の時代でもそれ以上ということは有り得ないと思われ、百人余りの奴婢が肩と肩が触れ合わない状態で、立ったまま外を向き、盾の様にビッシリと並べられ、生きたまま埋められたのだろう。

こうしてみると、徇葬者が何故百人余りだったのか、という疑問があっさりと解ける。『三国志』の『魏志倭人伝』の記述は、真実を告げているのだ。

「あの小石原川、天の安河は暴れ川として古代から有名だったらしく、氾濫を繰り返したそうです。この塚もその氾濫、洪水のせいでこんなにみすぼらしく、天井石までむき出しになってしまったのではないでしょうか。奈良・飛鳥の蘇我馬子の墓に比定されているむき出しの石舞台古墳と同じですね。町の教育委員会が未調査だと宣言していますから、もしこれが本当に卑弥呼の墓なら、ひょっとして魏の明帝から貰った『親魏倭王』の金印が出て来るかも知れま

せんよ、ハハハ」

　卑弥呼の墓、と言いながら状況証拠だけで、さすがに確証がないだけに、武彦は最後は笑いで誤魔化した。加えて、

「例の花立山、私が言う天の香具山にも横穴式石室古墳がありましてね。花立山穴観音古墳と言うのですが、そばに日子神社というのもあって、そこが卑弥呼のお墓かな、とも思ったのですが、年代が違う様なのです」

と、流した。

　稚子は稚子で、腕組みをし、「ウーン」と、唸りながら、

「でも、どうして町は本格的な発掘調査をしないのでしょう？　宮内庁管轄でもないわけだし、例え何も出て来なくてもやるべきですわ。これだけ状況証拠が揃っているのですから、やって欲しいですわね」

と、ため息をついた。

「既に盗掘されている可能性は高いですが、やって欲しいですよね。調査しないで、古代史のロマンのままそっとしておくのも、これまたロマンですが、調査して何も分からなくてもそれはそれで話にはなる。残念ですね」

　武彦も稚子に合わせる様に腕組みをして天井石を見つめた。円墳の脇に植えられた桜の木に蕾が幾つも天を向き、開花の春を待っている様だった。

「さあ、先を急ぎましょう。卑弥呼の生まれ故郷である環濠集落、〝天城《あまぎ》〟はもちろん今はありませんが、その近くに平塚川添《ひらづかかわぞえ》遺跡が再現されていますから、取り敢えずそこへ行き、その後、斉明天皇が亡くなったという朝倉橘広庭宮《あさくらのたちばなのひろにわのみや》へも回りましょう。『魏志倭人伝』の邪馬台国時代から四百年も時代は下りますが、邪馬台国比定地探索には神功皇后の夜須、三輪の地の足跡同様、キーポイントとなる行宮です。それに何より、『日本書紀』の謎の部分が、目の当たりに明らかになりますよ」

レンタカーに戻り、武彦は元の県道一一二号線、国道三八六号線にハンドルを向けた。車中で武彦はかいつまんで〝天城〟、朝倉市の説明をした。

朝倉市は平成十八年（二〇〇六年）に甘木《あまぎ》市、朝倉町《まち》、杷木町《はきまち》が合併して出来た。市の庁舎は当然の様に甘木に置かれた。甘木は古くから豊前、豊後、肥前、肥後に抜ける街道筋の拠点で、太宰府から甘木に一直線に走る朝倉街道（現県道一一二号線）、甘木から大分・日田に抜ける日田往還（現国道三八六号線）は、博多湾から周防灘《すおうなだ》、日向灘《ひゅうがなだ》に抜ける古代の大動脈だった。

「甘木」は元々、「天城」と書いたと地元では伝わっており、佐賀・吉野ケ里遺跡同様、舌状丘陵地が造る、アマ族が住む城柵で囲まれた、いわゆる環濠集落があった一大拠点だった、と言う。何故、「天城」が「甘木」に替えられたのかは不明だが、「天城」と好字で表記しては都合の悪い〝組織〟が改竄したことは想像に難くない。

〝暴れ川〟と恐れられた、この地域を南北に縦貫する小石原川（元安河）の度重なる氾濫で環濠集落ごとさらわれたか、今でこそ、その威容の痕跡は無いが、今も残る二つの電車の終点がこの甘木がこの筑紫平野北部の一大拠点だったことを証明している。西鉄甘木線と甘木鉄道の甘木駅だ。

「この甘木一帯を卑弥呼の都した邪馬台国、と言う学者、研究者は多いです。日本人だけではなく、『魏志倭人伝』の本家本元の中国の歴史学者は、『魏志倭人伝』を読む限り、ほとんどの人が邪馬台国は北部九州にあったと断言し、ここ甘木が〝天城〟だった可能性を指摘している学者もいるほどですから。かく言うこの私も学者ではないですが、その一人ですが、ハハハ」

武彦は笑顔を見せながら、市の中心部、旭町の交差点を右折。大分自動車道の甘木インターへ向かって南下した。そのインターの先に忽然と再現された平塚川添遺跡が現れた。〝天城〟の舌状丘陵地の最南端部に当たると思われる地域だ。旭町の交差点から直線距離にして三キロ強。

「この遺跡が平成三年（一九九一年）に発掘されて、甘木一帯が邪馬台国であったということが俄然、現実味を帯びてきましてね。その三年後に国の史跡に指定されました。それまでは鉄製品や絹製品など弥生時代独特の遺物が発掘はされていましたが、厳然とした遺跡はなかったのです。この平塚川添遺跡は低地に造られた遺跡ですが、地形からすると甘木から続く舌状丘陵地のはずれの様に見えます。邪馬台国の一部だったかも知れませんね」

吉野ケ里遺跡の様に大掛かりな復元ではないが、城柵、環濠が村を取り囲み、掘立柱建物、高床式住居、倉庫が立ち並び、〝ミニ・邪馬台国〟を彷彿とさせる。遺跡公園として整備されているため、環濠の中には無料で入ることが出来る。

稚子は武彦のガイドに耳を傾けながら、盛んにキャノンのシャッターを切った。そして、古代の世界に身を置くいつものしぐさ、空を見上げ、周囲の風景を眺めた。この地域は、工業団地になっていて、遺跡公園の周りには工場群があり、見通しは利かなかった。見えるはずの〝天の香具山〟、花立山の雄姿も拝めなかった。

「宅畠さんのおっしゃる通り、邪馬台国を形成する一部地域かも分かりませんが、卑弥呼の居館があった処ではない様な気がしますわ。やはり、花立山が目の前に見える小高い丘の上でないと…」

稚子のちょっぴり落胆した様子に、武彦は頷きを繰り返し、

「国見さんもそう思いますか。私もここではないと思います。邪馬台国の中心地はやはり甘木、今の朝倉市の市役所がある辺りですよ。あの丘陵地一帯を掘り返せば、ひょっとすると重大な遺物が出て来るかも知れませんね。ま、今となっては町の中心部を掘り返すなんて無理な相談ですが、ハハハ」

と、笑い流した。

「さあ、それでは第三十七代斉明天皇がここ九州に下り、亡くなったと言う朝倉橘広庭宮を覗きに行きましょう。ここから直線にしてまだ八キロほど筑後川を遡りますが、きっと国見さんも目が点になりますよ」

武彦は大分自動車をくぐり抜け、県道八号線に出ると、古賀茶屋の交差点で日田往還、国道三八六号線に合流。丁度、お昼頃になったので、街道沿いのラーメン店で定番の博多豚骨ラーメンを掻き込み、ハンドルをひたすら真っ直ぐ朝倉橘広庭宮跡へ向けた。

遠い！

「何だかドンドン、博多湾から遠ざかっていきますね。本当に、こんな処にあの斉明天皇の宮殿を造ったのですか？　斎明帝は来たのですか？　ウソみたい…」

稚子の正直な反応は、そのまま武彦の答えになっていた。

「そう思いますよね。飛鳥の都から朝鮮半島の百済を助けに行こうというのに、わざわざこんな筑後の奥地に、いくら仮の宮殿とはいえ前線基地である宮殿を造りませんよね。博多湾岸から、もう既に距離にして六十キロを越えています。少し寄り道をしていますから直線距離にすると五十キロはありますね」

武彦はレンタカーのダッシュボードに表示された走行距離数を見て、笑った。稚子は諳《そら》んじている『日本書紀』の斉明天皇の西征と崩御の項を思い出しながら、

「斉明天皇は斉明七年（六六一年）三月二十五日、娜大津《なのおおつ》（博多湾）に着き、磐瀬行宮《いわせのかりみや》（福

岡市南区三宅。筑紫宮家遺跡）に入った。五月九日、朝倉橘広庭宮にお移りになった。この宮を造るのに朝倉社の木を切ったので雷神が怒り御殿を壊し、鬼火が現れ、大舎人《おおとねり》や近侍の人々が病になり、死ぬ者が多く出た。七月二十四日、天皇は朝倉宮で崩御された、とありましたよね。応神天皇の母親である神功皇后の様に、いよいよ朝鮮半島に出撃するのに、出撃する博多湾岸から五、六十キロもの奥地に後退するなんて妙な話です。娜大津と大宰府政庁との中間辺りと言われる磐瀬行宮でも、何で後ろに下がるの、と訝られているのに、甘木を通り越してこんな田舎に宮を造るなんて…。雷神が怒り、鬼火だって出ますよ」

と、田圃の中を走る田舎道から視線を左右に振った。

レンタカーは比良松《ひらまつ》の信号を左に折れ、宮野から須川に入って行った。武彦は一度だけ来たことがあるため、ノロノロではあるが何とか旧跡に辿り着いたが、田圃の中の山あいで、稚子は一人では一日かかっても探し出せない、とあきれ返った。

こんもりとした丘の麓に朝闇《ちょうあん》神社と言う小さな神社が在り、そのこんもりとした丘の上に登ると円形広場があった。その真ん中に、「橘廣庭宮之蹟」と彫刻された天然の堂々とした花崗岩の石柱が立っていた。円墳の様な三段変形土台部分を合わせると五、六メートルもある

旧朝倉町教育委員会の案内板によると、「大正四年（一九一五年）十一月、大正天皇の即位大礼を記念して建てた」とあり、

「斉明天皇と中大兄皇子らは六六一年五月、百済救済軍派遣のため朝倉橘広庭宮に遷られた

が、滞在七十五日の七月二十四日御歳六十八歳で病のため崩御された。宮の所在は分かっていないが、地元の伝承では、『天子の森』付近だと言われており…云々」

と、ある。

「ここ」、と言う確証はないが、この辺り一帯が比定地となる、と宣言しているのだ。現に、朝闇神社の旧朝倉町教育委員会の案内板には、

「『朝倉』の地名はこの神社からきたものではないかとも考えられている」

と、あり、「朝闇」は確かに「アサクラ」とも読める。

「山あいの素朴な小さな村。そんなイメージですわね。第一、何処が〝広庭〟なの、と言いたくなりますわ。初めて奈良の明日香村に行った時も同じ思いをしました」

「ハハハ、でしょう?!　そもそも、こんな辺鄙な田舎に本当に斉明天皇はやって来たのか、と現代人の我々は思いますよね。物見遊山ではないのですよ。国家の一大事のまさにその時ですからね」

邪馬台国探索とは焦点がずれてしまうが、邪馬台国が何処にあったかを知るためにも近畿大和政権の斉明天皇の行動の軌跡を辿るのも解明の糸口になる。そう思い、武彦は稚子をこの朝倉橘広庭宮跡と言われるこの旧跡地に誘ったが、稚子の反応は武彦の予想通りだった。

「だから言いましたよね。目が点になると、ハハハ。でも、邪馬台国比定地探索には重要なヒントをくれています。朝鮮半島の百済救済は、七世紀中頃当時の日本にとって最重要国際情

勢。だから近畿大和政権、天皇家はどうしても〝史書〟である『日本書紀』に記載しないとまずかった。しかし、当時の日本は三世紀初頭に生まれた邪馬台国を中心とする北部九州三十ヵ国連合、倭国の時代。近畿大和政権は出雲と同じで、その倭国の〝分家〟、今風に言うと〝同盟国〟だから、唐・新羅連合軍と戦う主力軍ではない。援軍として後方に控える予備隊だった。兵糧、武器を調達する兵站《へいたん》部隊だったかも知れない。そう考えると、博多湾岸から遥か後方のこの朝倉の地に近畿大和政権、天皇家の部隊が駐留していたのも理解が出来ますよね。そこを無理矢理、主力として『日本書紀』に記載しなければならなかったので、後世の我々に疑問符を付けられる結果となった。そう思いませんか？」

そんな武彦の仮説に、近畿大和政権が残した〝史書〟、『日本書紀』にどっぷりと浸っている稚子は、頭をコンコンとノックされている気がした。

それにそもそも、斉明天皇はここ朝倉に来ていない、のではないか。来たのは同母弟の第三十六代孝徳天皇の可能性がある。百済存亡の危機は、時代的には孝徳天皇の御代の話しで、孝徳帝が百済救済援護のため九州に赴く決断をし、都を飛鳥から難波長柄豊碕宮《なにわのながらのとよさきのみや》に移したため、後ろ盾となっていた甥の中大兄皇子は援軍派遣に反対。百官を引き連れ難波から飛鳥に戻った、のかも知れない。

この事は、『日本書紀』の孝徳記に、「天皇はこれを恨んで位を去ろうと思われ宮を山碕に造らせられた」と、明記されているが、孝徳帝の一連の動きと、周辺の反応の理由、帰結が曖昧にされている。しかし、孝徳帝が邪馬台国を盟主とする北部九州三十ヵ国連合の倭国の要請に応え、慌ただしい動きを始めた、と見れば、ストンと腑に落ちる。

そう仮定すると、援軍派遣に反対の立場を取っていた中大兄皇子が、孝徳天皇の後を受けた第三十七代天皇、母親である斉明天皇を難波どころか九州の、それも筑後の奥地に連れて行くわけがない。一度は身を引いた皇極帝を再登板させ（重祚《ちょうそ》）、斎明帝として担ぎ上げた〝宝〟なのだ。

（歴史の整合性を図るため、誰かが、組織が、歴史を改竄《かいざん》した？）

そういう可能性も充分にある。そのための、『日本書紀』編纂だったかも知れない。稚子は、歴史を鵜呑みにする大多数の歴史文学研究者ではなかった。考え方が柔軟だったことは、『鳥名子舞』研究でも証明されていた。

稚子はしばし立ち止まり、斉明天皇に思いを馳せた。もし、『日本書紀』が描く様に本当に斉明天皇がここ朝倉の地に赴き、亡くなったとしたら…。さぞかし、無念だったろうと思う。生まれ育った飛鳥の都を離れ、最果ての西国の地、倭国に向かう。いくら愛する我が子、中大兄皇子の指示とはいえ、「ハイ、そうですか」とは簡単に応えたくない。

（私も都落ちはしたくなかった。東京で勉強を続けたかった…）

もう、十五年も前の記憶が甦って来た。北陸・金沢の田舎に帰る池田澄郎に、「一緒に金沢に帰ってくれないか？」と、プロポーズされた。

池田は東京・新宿区戸山ハイツにある稚子の実家が営む、同じ敷地内に建つアパートの住人の一人だった。敷地は七十坪ほどだったが、離れを壊して新築。二階建ての母屋をそのまま六部屋の下宿屋アパートとして学生に貸したのだ。早稲田大学のキャンパスから歩いて五、六分という便利さもあって、空き待ちが出るほどの人気ぶりで、公務員の父親の大ヒットだったと稚子は感心したものだ。

池田はアパート改設以来の〝店子〟で、その時、当然の様に早稲田の法学部に通っていた。歳は稚子より五歳年上。非常に真面目で、その誠実さは稚子の母親の芳子のお気に入りで、

「うちは子供四人とも女。一人を選んでお嫁に貰ってくれないかしら」

と、時たま自炊をする池田を手伝ったりしていた。

その母親の芳子が、池田からそれとなく〝取材〟してきたところをまとめると、池田の金沢の実家はかなりの資産家で、父親は県会議員を務め、スーパーマーケット、タクシー会社、パチンコ店を幅広く経営する実業家。稼業そのものは、三歳年上の長男が社長として任されている、と言う。

要するに池田は気楽な二男坊で、この点でも母親の芳子は自ら作り上げた池田の〝内申書〟に二重丸を付けていた。弁護士になるため、わざわざ早稲田の法学部に進んだ池田だが、この気楽さが災いするのか、司法試験は四年連続アウト。卒業後は法律関係の出版社に勤めながら、そのまま稚子の家のアパート、「リリアン・ハイム」に住み、司法試験に挑戦し続けてい

る。

　そんな池田を実は稚子も好ましく思っていた。四人姉妹の二女として、同じ二番目という境遇に親しみを覚えていた事もあるが、洗濯物を干している池田に、

「お手伝いしましょうか？」

と、声を掛けた時の池田の狼狽ぶりが、いつまでも忘れられなかった。

　稚子が池田を〝最初の男性〟に選んだのは、東大に戻った二年目の春だった。ゼミの新入生歓迎コンパが新宿・歌舞伎町で行われ、ワインをしこたま飲まされた。最初は、「飲めない」と断っていた稚子だが、教授から、

「この赤ワインはカリフォルニア・ワインの最高峰で、私の秘蔵品、オーパスワンと言う。みんなで一口づつ味わってもらおうと持って来た。これ一本が何十万円もする上、そうは簡単に手に入らない代物だ。銀座のクラブで注文すると一本が百万円もするらしい。国見君も一口飲まないと、罰が当たるし、明日から出禁、出入り禁止だぞ！」

と、その逸品のオーパスワンを強引に勧められた。

　こわごわ口に運んだ稚子だが、これがとんでもなく口当たりが良く、美味しかった。オーパスワンは、本当にその一口しか許されなかったが、新入生たちに次々に普通のワインを勧められた。もちろん、口を付けるだけの疑似ドリンクだったが、それでも稚子を酔わせるには充分過ぎた。

酔い覚ましに稚子は歩いて帰ることにした。新宿・歌舞伎町から実家のある戸山ハイツまでは、女性の足で歩いても二十分ほど。四月とはいえ、夜はまだまだ寒いと思い愛用の薄手の白いコートを羽織って来たのが幸いした。化粧品メーカーに勤めていた頃、初めてのボーナスで買った自分へのご褒美。シルクの、絹独特の光沢を帯びた高級ブランド・フェラガモの逸品だ。夜風がほろ酔いの頬に心地よかった。

新宿コマ劇場の前まで来ると、稚子は声を掛けられた。

「稚子さん、お帰りですか?」

何と、池田だった。この広い東京の、それもネオンの下での偶然の遭遇。稚子は運命的な出会いに、ほろ酔いの頬がまた緩んだ。

「アラッ、池田さん。そうなの、今夜はゼミのコンパで少し飲まされちゃった。池田さんもお帰り?」

「ええ、映画の帰りです」

「良かった。一人では心細かったから丁度良かったわ。ご一緒させて下さい」

「僕で良ければ喜んで!」

稚子は酔いも手伝って、悪戯心《いたずらごころ》で池田の左腕に腕を組んだ。稚子は顔を見上げて確認しなかったが、洗濯物を干していた時のあの池田の狼狽ぶりを腕を介して確信した。

新大久保のコリアン・タウンを過ぎると、ネオンが怪しいラブホテルが立ち並んでいる。稚子は、思い切って自分自身も思いもよらない言葉を口にしていた。何事にも前向きな性格が背中を押した。

「ねえ、池田さん。酔い覚ましに、何処かで休んでいきたい…」

その一瞬、池田は立ち止まり、目を丸くして稚子に確認した。

「稚子さん、本当にいいのですか？」

稚子は頷く替わりに、一軒のラブホテルへ池田を押し込んだ。

〝家主〟と〝店子〟という一風変わった二人の秘められた交際は、その日から始まった。稚子にとっては、遅すぎた青春だった。

ところが、夏が過ぎ、秋風が吹きだした頃、突然、緊迫した事態が二人の身に降りかかって来た。池田の実兄が心筋梗塞で突然、他界したと言う訃報だ。加えて、県会議員を務める父親もその二日後に心労のため亡くなった、と言う。池田は慌ただしく金沢に帰り、葬儀を終えて東京に戻って来た時には、法曹界への夢を諦め、池田家の稼業を継ぐ決意をしていた。

池田は、同じ頃、合格発表があった五度目の司法試験にも落ちていた。さすがにその結果を聞いた時には、稚子は、

（あの竹中君は、在学中に司法試験に合格したというのに…）

と、かつてのボーイフレンドで、稚子がソデにした竹中良二とつい比べてしまった。

「お袋一人では、とても拡大した事業を切り回して行くことは無理。兄貴は独り身だったたか

ら、何百人もいる従業員の生活も守って行かなくてはいけない。夢を諦めるのは辛いけど、実家を継ぐことにしたよ」

池田は突然、降りかかった非業《ひごう》と、社長という組織のリーダーを引き継ぐ栄光の狭間で、相当悩んだのだろう。眉間にしわを寄せ、稚子が今まで見たことの無い表情でこう続けた。

「僕は僕の夢を諦める。でも、君は君の夢を諦める必要はない。金沢に行ったって日本文学史の勉強は続けられる。金沢に一緒に帰り、僕と一緒になってくれないか？」

稚子は悩んだ。池田の言う様に、確かに文学史の勉強は何処へ行こうが続けられる。ただ、それは母港を持たない船になるという事だった。流浪の民になる事だった。最大の難点は時代の最先端を行く情報、インテリジェンスが入りづらくなる事だ。全力投球をしてまで獲得した一流化粧品メーカーの社員証を捨ててまで復帰した大学の研究室。それを、愛する人がいつも一緒とはいえ、金沢に行くことで捨てたくなかった。しかも、今やライフワークとなりそうな阿倍仲麻呂の和歌、〝天の原…の研究はこれからだ。それに何と言っても、稚子はいぶし銀の様な光を放つ東京大学が好きだった。

いきなり転がり込んで来た社長夫人というセレブの〝玉の輿〟だが、池田と大学の研究室を天秤《てんびん》にかけ、稚子が出した結論は、池田との訣別だった。

（斎明帝も奈良、飛鳥の都から動こうとしなかったと思う。天皇と一介の研究者の思いは、次元が違うかもしれないけど、女性には女性の感性というものがあるのよ…）

稚子が朝倉橘広庭宮跡に建つ石碑を前に黙り込んでいるのを武彦はそっと見つめていた。稚子は何か思い詰めた物があるらしい。武彦はそう思い、宮跡のループ式の坂を一人下り始めた。

その日の夜は、武彦は博多・祇園《ぎおん》にある鳥の水炊き鍋に稚子を誘った。博多入りした前日は、天神西、大名にある生け簀の有る料亭で、その生け簀を前にした広々としたカウンター席で玄界灘の幸を腹一杯食べた。だから、この日は博多名物の鳥料理、というわけだ。

「昨日は、目の前の生け簀から好みの魚を網ですくって貰ってピチピチの刺身を頂きましたが、あれは新鮮で美味しかった！　小戸の海や博多湾に浮かぶ志賀島、能古島、それに博多富士、筑紫富士を見せて貰った後だから、余計に食が進みましたわ。それに食べ放題の辛子明太子がまた格別でした」

稚子は鳥鍋の用意が出来るまで昨夜の玄界灘の海の幸の感想を口にした。天神西の料亭、「稚加榮《ちかえ》」は生け簀の有る料亭として有名で、自家製の辛子明太子も美味しく、観光客は「稚加榮」と言えば、辛子明太子メーカーだと誤解している人が多い。料亭で出す博多名産の辛子明太子の評判が良く、百貨店、土産物店でも売り出したのがヒットしたと言う。

ここ祇園の鳥鍋「博多華味鳥《はなみどり》」は、何カ所かあるチェーン店の一つ。鳥料理のフルコースが味わえる。

「博多は焼き鳥の店が多いですが、鳥鍋は一度食べたらまた食べたくなりますよ。もつ鍋が有名な博多ですが、鳥鍋はちょっと高級。そんなイメージですかね」

博多には博多ラーメンの元締め的な長浜ラーメンを初め、水炊き餃子など垂涎の的の食べ物が多い。中洲の那珂川沿いに立ち並ぶ屋台は、観光名所でもある。

「明日は最後ですから、水炊き餃子を食べて帰りましょう！」

武彦のそんな翌日までもの予告が終わると、鳥鍋の用意が整った。仲居さんが、アレコレ段取りをしてくれ、二人はまずビールで乾杯。得る物が多かった筑前、筑後のドライブでの邪馬台国比定地探索の成果を一つ一つ話し合い、記憶に留めた。

「ところで、不思議だなあと思うのですが、近畿大和政権・天皇家が誕生させた『鳥名子舞』の末裔である宅畠さんが、邪馬台国の比定地を畿内説の近畿大和ではなく九州説の北部九州にしているか、ですよ。普通なら畿内に持って行きたいですよね？」

稚子の極々普通の疑問に武彦はため息をついて、あっさりと答えた。

「私だって畿内説にしたいですよ。しかし、どれだけ文献を漁り、現地を歩き、出土品を見ても近畿大和説は北部九州説に負けます。万世一系だと肩肘張らず素直に現実を見たのです。その方がスッキリします。倭国から日本への転換…。その何処に、見劣りのする歴史がありますか？　それでいいのです。逆に、日本の歴史に胸を張れますよ。何処の国だって栄枯盛衰、時代の変化はありますからね」

「なるほど、やはりそうですか…。天皇家の末裔からそういう話を聞けて、私、本当に嬉しいです」

「乏しい末裔ですがね、ハハハ」

武彦は冗談ぽく、笑顔を稚子に向けながら、

「それに…」

と、日本の歴史の原点を総括してみせた。

「そもそも邪馬台国の話は、『魏志倭人伝』から出てきた物でしょう。その原点の『魏志倭人伝』は、本家・中国の学者達の多くが九州そのものを書いた物である事を明言しています。近畿大和政権の話ではないのです。それを、やれ箸墓《はしはか》古墳は、纏向《まきむく》遺跡は、三角縁神獣鏡《さんかくぶちしんじゅうきょう》は、と近畿大和に卑弥呼や邪馬台国を絡ませて、日本の歴史をゆがめている人達がいる。乏しい天皇家の末裔としても実に嘆かわしい話です」

と、首を横に振った。

話の区切りのいい処で、武彦が稚子のコップにビールを注ぎながら、また一つ、ダメを押した。

「明日はこの邪馬台国比定地探索、ミステリーツアーのハイライトですよ。稚子さん、明日はどういう日かご存知でしょうね?」

武彦の問いに、稚子はホカホカの鳥のささ身をつまんだ箸の手を止めた。

「明日、ですか？　明日は三月二十日。今年は春分の日ですよね」

「そうです。春分の日です。昼間の時間と、夜の時間が同じになる日。この日は太陽が赤道の上を通る日で、北回帰線である夏至に向かって、ドンドン日が長くなっていきます」

「その春分の日に合わせ、ここ博多に集合したのには何か訳があるのですね？」

「さすが、国見さんは勘がいい。ちょっと、早起きしなければいけませんが、春分の日の朝日を見に行きましょう」

「宅畠さんにとって、特別な観賞スポットがあるのですね？　それも、やはり邪馬台国に関連する場所ですか？」

「私だけではありませんよ。恐らく、国見さんにも役に立つ、というか興味を引く場所です」

「スペシャル、プレミアム・スポットと言うことですね?!　ウワーッ、楽しみ。何処ですか？」

「それは、明日、春分の日のお楽しみ！　ササッ、温かい、美味しいところを食べましょう。そして、明日に乾杯！」

「乾杯！」

　翌日早朝、二人は日の出の時刻に合わせ、ホテル「エクセル東急」をレンタカーで出た。渡辺通の県道六〇二号線を東南下。清水四ツ角で国道三八五号線に入り、三宅中前の信号で県道三一号線に合流した。

「この辺が、『日本書紀』に出て来る斉明天皇が行宮を営んだと伝わる筑紫宮家があった、と言われる処です」

　武彦はまだ暗い右手を指差して、那珂川に架かる井尻橋を渡った。この県道三一号線は福岡筑紫野線と呼ばれ、飛鳥・奈良時代の海外要人の迎賓館だった鴻臚館《こうろかん》があった福岡城址から真っ直ぐ水城の西門に続いていた、と言われている。

　レンタカーは春日市に入り、須玖岡本《すぐおかもと》遺跡がある奴国の丘歴史公園を右手に見て、宝町の信号を右折。片縄下白水《しもしろうず》線に入った。

　稚子には全く地理が頭に入って来なかったが、昨日見た水城の手前、須玖岡本遺跡公園の近くであることが、うっすらと分かった。さすがに、この季節は南風が主流であるためか、福岡空港に着陸する航空機は春日市上空で旋回しない。

　ＪＲ博多南線の博多南駅の手前右手、春日市下白水南六丁目の住宅街の中に武彦の目的地があった。前方後円墳だった。

「着きましたよ！　国の指定の史跡、日拝塚《ひはいづか》古墳です」

　東の方角が少し明るくなってきて、前方後円墳の全容が良く見渡せた。二人を歓迎するかの様に、一片の雲もない。全長六十メートル、高さ五・五メートルの小ぶりの前方後円墳。後円部が東、前方部が西に伸びている。

「本当はいけないのですが、簡単に登れますから前方部に登ってみましょう。登れば何故、今日、今、ここに来たかが分かります」

武彦はそう言うと、サッサと前方部に足を掛け、苦も無くその上に立った。稚子も武彦に倣い、一気に頂きに登った。こういう時こそ、ジーンズは有効だ。

国指定の史跡とはいえ、あまり知られていない古墳だけに、二人の他はだれ一人としていないことが幸いした。早起きのツバメだけがチュチュチュ・ピーッと鳴いて古墳の上をかすめ飛んだ。

樹木やビルに少し遮られてはいるが、前方部から後円部を見上げると、はるか彼方のこんもりとした山の頂から今まさに朝日が顔を出そうとしていた。時刻は午前六時二十二分。

「これですか！　この御来光を私に見せたかったのですね！　春分の日に、真東にあるあの山から昇る朝日を！」

稚子が上げる一オクターブ高い声に、武彦は、

「そうです。あの朝日です！　あの山は大根地山《おおねちやま》と言いまして、筑紫野《ちくしの》市にある高さ六五二《メートル》。ここから十六キロ、真東にあります。右側の背振山系と左側の三郡山々系の狭隘部の真ん中辺り、三郡山々系寄りにポツンとあって、そして、この足元を見て下さい。前方部、後円部、そして大根地山と一直線でしょう。この古墳は東西に一直線に造られていましてね。前方部は祭祀を執り行った処と言われていますが、前方部で祭祀を行っている今まさにその時、後円

部、さらに遥か先の大根地山から日輪が顔を出して来る、という仕掛けです。太陽が真東から昇る春分の日と秋分の日にしか見られない貴重な現象です。ですので、ここを日を拝める塚、日拝塚古墳と言うのです」

と、興奮気味に解説を加え、ガラ携のシャッターを切った。

稚子もこのプレミアムな一瞬を逃すまいとばかりに、キヤノンのシャッターを押し続けた。稚子のキヤノンは連写が出来た。カシャカシャ、という連写音が古墳の上に響く。動画も収めた。

「古代の人は、年に二回、この日が来ることを知っていたのですね。だから、この古墳の被葬者もここに自らの墓を生前に造り、民と自らの政権の安寧と繁栄を祈る儀式、祭祀をこの前方部で行う事を託したのでしょう。春のこの日、春分の日は田を耕し、稲の種をまく日。秋のこの日、秋分の日はその稲を刈り取り、米を収穫する日。そういう重要な日、と位置付けていたのだと思います」

感慨深げに解説を続ける武彦の顔が朝日に赤く染まる。興奮が入り混じったその色は赤いというより、黄金色に輝いていた。

武彦の生まれ故郷、伊勢の地にも古代からの伝言の様な朝日が見られる場所がある。夏至の日に二見が浦の夫婦岩《めおといわ》の間から昇る朝日、冬至の日に伊勢神宮内宮の宇治橋と鳥居の上に昇る朝日…。

稚子は、そんなオーラを発する武彦に問い掛けた。

「ここも、やはり卑弥呼のお墓の候補地の一つですか？」

武彦は即座に否定した。

「いえ、違うと思います。発掘調査によると、この古墳は推定六世紀前半の築造となっています。卑弥呼は三世紀中頃に亡くなっていますから、時代はかなり下った古墳時代ですね。邪馬台国を中心とする北部九州三十ヵ国連合の倭国は天城（甘木、現朝倉）を初め、都をアチコチに遷り変えた様ですから、ひょっとすると六世紀前半の王都はこの春日市にあったのかも知れません。ここからすぐ近くの代表的な須玖岡本遺跡は青銅器、鉄器、ガラスの工房が多く発掘されていますから、ここは当時のシリコンバレー、ハイテク産業の一大密集地だった可能性があります。奴国の丘にある熊野神社の神宝とされていた銅矛鋳型は国の重要文化財に指定され、その典型です。ハイテク産業を抑える意味から、ここに王都があっても可笑しくはありません」

この古墳から発掘され、昭和五十一年（一九七六年）二月、国の指定を受けた夥しい鉄刀、銅鏡、ガラス勾玉等の装飾品は、武彦が言う様にシリコンバレーに相応しいハイテクの山だった。そのほとんどは、令和の今、東京国立博物館に保管されている。

武彦は続けた。

「そして、その王が女王で、何代目かの卑弥呼であっても構わないのです。むしろ、その方が倭国にとっては争いを避ける最大の良策だったのかも分かりませんね。現に、この古墳から発掘された装飾品の中に金製の垂飾付き耳飾りがありましてね。この近くにある奴国の丘歴史資料館に展示公開されていますが、女王に相応しい光り輝く美しいイヤリングです」

武彦の金製の耳飾り、という一言に稚子は鋭く反応した。

「金の耳飾り、イヤリングですか？　それって、垂れ下がる先の方が二股に分かれ、木の葉をあしらった様なデザインですか？」

「よくご存知ですね。見たことがあるのですね？」

「いえ、実物は見たことはないのですが、見た様な気がして…」

稚子は記憶を辿った。しかし、思い出せない。金のイヤリング、木の葉をあしらったイヤリング…。

首を傾げる稚子に追い打ちを掛けるかの様に、武彦は眩しく輝く太陽を手で遮りながら、稚子がドキリとする仮説もさらに披露した。

「前に立つビルで少し視界が悪いですが、あの大根地山の左に連なるひときわ高い山並み、あれが地元の人が言う〝三笠の山〟です。大根地山のすぐ左が宝満山、続いて頭巾山《とっきんざん》、一番高いのが三郡山《さんぐんざん》。本当は宝満山を〝御笠山〟と言ったそうですが、この春日市辺りから見ると笠が三つ並んでいる様に見える事から、あの山並み全体を〝三笠の山〟と総称する様になったそうです。三郡山はその名残で、一番高いので〝三笠の山〟を代表してズバリ、三郡山と呼ぶ様になったのかも知れません。昔は修験者達の修業の山々だったらしいですが、今は九州自然歩道と言う格好のハイキングコースになっている様ですよ。昨日、話しましたが、あの〝三笠の山〟、三笠山の山並みから流れ、南の筑後川、有明海に下るのが宝満川。北の博多湾岸に流れ下るのが御笠川、と言う事です」

目を丸くする稚子に容赦なく武彦は続けた。

「〽天の原　振り放け見れば春日なる…という遣唐使・阿倍仲麻呂の和歌がありますが、私はこの前方後円墳の被葬者が詠んだ歌だと思っています。誰かが何かの目的で、あの歌を八世紀の阿倍仲麻呂の和歌にしてしまった。仲麻呂は帰国が叶わず、七七〇年に唐土で亡くなりましたが、あまりにも出来過ぎです。これは、あくまでも私の仮説ですが、どうですか、国見さんの力でその謎を解いてくれませんか？　なかなか面白い研究になりますよ」

武彦はさらに持論を展開した。

「この春分の日の前後の満月を調べてみたのです。すると、この福岡県の満月は、二月二十七日と三月二十九日でした。だから、九日後の二十九日にもう一度、ここに来ればあの〝三笠山〟から昇る満月を見られます。午後七時十三分が月の出になっていますから、今日の様に空が晴れていれば〽春日なる三笠の山にいでし月かも…を実際に鑑賞出来る事になりますね」

稚子は頭がクラクラとしてきた。眩しい朝日に目が眩んだだけではない。武彦の話が長年稚子を悩ましてきた疑問を悉く氷解してしまっているではないか。

（何という事なの…。奈良の三笠山から出る月を詠んだと言われる阿倍仲麻呂の和歌は、実はここ福岡の春日の地で詠まれた和歌の可能性があるとは…。ひょっとしたら、ここ博多の地にも三笠の山があるのでは、と思ったのは間違いなかったのね。確かに、ここから見る風景は荒々しい。右に背振山系が迫り、ほんの少し割れている、というか裂けている様な狭隘部を挟んで左に大根地山、そしてそれに続く急峻な三つの笠の様な山並みの三郡山々系。これこそ、〽振り仰ぐのではなく、〽振り裂け、〽振り割け、〽振り放け見れば、に相応しいわ。穏やかな表情の奈良の三笠山（若草山）に違和感を抱いた、学生時代のあの感覚は正しかったのね）

稚子は無意識に目を閉じ、大きく両手を頭上にかざした。御来光を全身に浴びようと背伸びをしただけだが、不思議なことに、静寂の中に人々のざわめきが聞こえ、稚子はドキリとして目を開けた。誰も居ない。ただ一人、武彦だけが、朝日に手をかざして御来光を見つめているだけだ。

もう一度、稚子は目を閉じ、背伸びをするふりをした。すると、再び人々のざわめきが聞こえ、ハッキリとした声が聞こえた。

「アマテラス・ヒメミコさま…」

「あまばるのひめみこさま…」

「あめのはらのひめみこさま…」

「あまのはらのひめみこさま…」

稚子はハッとした。この風景、何処かで見たことがある。

何処だ、何処だ…。貫頭衣を着て、跪く民衆…。

そうだ、思い出した！　この福岡に降り立つ日航機の中で見たあの不思議な夢と同じだ。あの時の私は、色とりどりのガラス玉と翡翠が散りばめられた金製のティアラを被っていた。胸には乳呑児の手の平もある大きなエメラルド・グリーンの翡翠の勾玉を掛けていた。耳飾り、木の葉をあしらった金のイヤリングもしていた。そうか、あのイヤリングがここから出土した耳飾りね。

（デジャヴ⁉　あの夢は、今ここで起こっている幻想の予兆だったの…）

稚子は、今度はゆっくりと目を細く開けた。眩しい赤光が後円部の墳丘の上に満ち、その逆光で大根地山は見えない。

もちろん、貫頭衣の民衆は消えて無くなったが、声だけがさざ波の様に寄せては返す。

（そうか、そういうことか。宅畠さんが勧めた様に、この私にあの和歌、〽天の原…の全てを極めよ、というこの古墳の被葬者、その被葬者の民だった人々の祈り、願いが聞こえたのね。天の原は、瑞穂の国、美しい水田の広がる倭国を、この風景を、差しているのね。分かったわ。やってみる、やってみるわ、何代目かの卑弥呼さん！）

稚子は頭上からゆっくりと手を降ろし、朝日に向かって自然と手を合わせた。武彦もそんな稚子に倣って、ポンポンと柏手を打った。この間、ほんの数分だったが、稚子には千五百年もの前の古代の人達との長いやり取りに思えた。

「良かった！　国見さんは、随分とこの日拝塚古墳がお気に召した様ですね。この旅のハイライトに取って置いて何よりでした」

武彦は満足げに、深く刻まれたエクボの笑顔を稚子に見せたが、稚子は久しぶりに足元から湧き上がる力を感じ、思わず武者震いを覚えた。

「実は…。いや、止めておきます。思うところがあったのですが、それはいずれの日にかまた…」

稚子は夢の話を武彦に伝えたかったたが、今ここでそれを話すと、デジャヴであることで片付けられると思い、言葉を飲んだ。古代からの宝物の様な真実の声として胸の中にしまっておきたかった。その代わりに、稚子は武彦に力強く宣言をしていた。

「本当に、この春分の日のこの時、ここを邪馬台国比定地探索のハイライトにして下さって有り難かったです。おぼろげだった私の次の研究課題がハッキリと見えました。というより、それが恐らく私に課せられたライフワークだったのです。出雲の夕日、そしてここ九州・春日の朝日、三笠山の満月…。月は最後の最後に取って置きますが、しっかりと、私の胸に刻み込まれましたから」

朝日を浴びながら決意を新たにする稚子に、武彦は手を叩いて称賛した。

「さすがは国見さんですね。全てを学研の糧としていらっしゃる。出雲を起点に、邪馬台国比定地を自然の流れで辿って来ましたが、何だか国見さんの人生の起点を探し求める旅だったかも知れませんね。時間を掛けたライフワーク、楽しみに待っていますよ」

武彦はそう言うと、前方部の西の端まで戻り、ガラ携を稚子に向けた。春分の日の朝日と後円部をバックに稚子を撮ろうというのだ。

丁度その時、稚子も今一度、キャノンを構え、後円部と大根地山の頂上にある朝日を撮ろうとしていた。稚子には、朝日は夢で見た照り輝く銅鏡に思えた。

全てが逆光となったが、逆に逆光となった事で、被写体の稚子のシルエットが大きく武彦のガラ携のレンズに入った。稚子が羽織る愛用の薄手のシルクのコートがより白く光沢を放つ。前方後円墳の上を渡る春のそよ風が、そのコートの裾をなびかせた。

「美しい！」

武彦は思わず声に出してシャッターを切った。武彦には、カメラを構える稚子が太陽に向かい、後光の射す中で祈祷する絹を纏った卑弥呼に見えた。

完。

※本書は、令和三年六月から同四年一月までの約八ヶ月間、伊勢新聞紙上で連載したものです。この物語は全て架空であり、実在の如何なる人物、組織、地名、資料、建築物とは一切関わりのない事を付記します。また、この物語を書くにあたり、取材及び写真撮影に協力して下さった各位と、快く写真を提供して下さった「(株)伊勢新聞社」、福岡・廣田清貴氏、そして福岡・あさくら観光協会に心より感謝申し上げます。

令和四年(西暦二〇二二年)七月七日、天の川を見上げながら　外城田川《ときだがわ》　忍《しのぶ》

外城田川　忍（ときだがわ しのぶ）

昭和24年（1949年）、三重県玉城町出身。同47年早稲田大学商学部卒、産経新聞社入社。編集、事業、総務、サンケイスポーツ編集を経て、平成15年産経新聞社東北総局長。同21年同社を定年退社。同28年住居を玉城町に移し、作家活動に入る。同30年８月デビュー作「鳥名子舞」を、同31年（令和元年）５月「勝田街山壱楼」を出版。令和元年９月、三重県のホームページ「みえの文化びと」に登録、掲載された。同２年２月「大岡越前守ビギニング」を出版。同３年６月から同４年１月まで伊勢新聞紙上で「天の原」を連載。早大時代はライフル射撃部に所属。趣味はゴルフ、囲碁、邪馬台国。（令和４年７月現在）。

天の原

令和 4 年(2022年) 9 月23日　初版発行

著　者　外城田川 忍

発行者　小林 千三

発行所　株式会社 伊勢新聞社

〒514-0831 三重県津市本町34-6
電話 059-224-0003
振替 00850-4-2160

印刷所　藤原印刷株式会社

ISBN978-4-903816-56-2 C0093